桜《さくら》小《しょう》なんでも修《しゅう》理《り》クラブ！

花《か》びんに残《のこ》されたメッセージ

深月ともみ／作　千秋ユウ／絵

講談社 青い鳥文庫

もくじ

このお話《はなし》に出《で》てくる人《ひと》たち

皆川結子《みながわゆいこ》

機械修理《きかいしゅうり》が得意《とくい》な小学《しょうがく》5年生《ねんせい》。
クラスのあきちゃんとまーくんの3人《にん》で
「なんでも修理《しゅうり》クラブ」を結成《けっせい》。

内田《うちだ》あき

学校一《がっこういち》の情報収集家《じょうほうしゅうしゅうか》で、
裁縫《さいほう》がじょうず。

神谷真幸《かみやまさき》

神谷医院《かみやいいん》の息子《むすこ》で、のんきな性格《せいかく》。
パズルが得意《とくい》。

小谷陽代子《こたにひよこ》

5年《ねん》2組《くみ》の担任《たんにん》の先生《せんせい》。
「ぴよちゃん」と呼《よ》ばれている。

植木五郎《うえきごろう》

「なんでも修理《しゅうり》クラブ」の顧問《こもん》。
あだなは「くまさん」。

植木祐介《うえきゆうすけ》

くまさんの息子《むすこ》で、
桜《さくら》の山学園中学校《やまがくえんちゅうがっこう》の2年生《ねんせい》。

鬼崎優司《きざきゆうじ》

桜《さくら》の山学園小学校《やまがくえんしょうがっこう》の校長先生《こうちょうせんせい》。
将棋《しょうぎ》が趣味《しゅみ》。

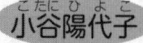

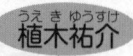

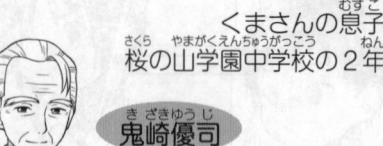

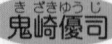

プロローグ

さあ　これが、ぼくらが残《のこ》す最後《さいご》の問題《もんだい》だ。
ぼくらの宝《たから》は、真《ま》ん中《なか》に埋《う》めた。
三つの花《か》びんと、校歌《こうか》がヒント。
見《み》ているだけじゃ、わからないよ。
チャンスはたったの一回《かい》きり。
一から最後《さいご》は六十六。
開《ひら》いてかぞえて見《み》つけてごらん。

ことん、と鉛筆《えんぴつ》を机《つくえ》に置《お》いて、少年《しょうねん》はそばの窓《まど》からグラウンドを見《み》おろした。
つい三十分前《ぷんまえ》まで、卒業生《そつぎょうせい》の写真撮影会《しゃしんさつえいかい》の会場《かいじょう》になっていたグラウンドも、今《いま》はもう、先生《せんせい》が数人《すうにん》出《で》ているだけで、生徒《せいと》はみんないなくなってしまった。

今日《きょう》はクラブもないせいか、桜《さくら》の山学園小学校《やまがくえんしょうがっこう》は、校舎《こうしゃ》の中《なか》も外《そと》も、しん、と静《しず》まりかえっている。

そのとき、ぎっ、ぎっ、ぎっ、と誰《だれ》かが校舎《こうしゃ》の階段《かいだん》をあがってくる音《おと》が聞《き》こえてきた。

古《ふる》い木造校舎《もくぞうこうしゃ》は、廊下《ろうか》も階段《かいだん》も、驚《おどろ》くほどよくきしむ。

――ドアをきっちり閉《し》めていても、こうして部屋《へや》の中《なか》にまで音《おと》が聞《き》こえるから、よく廊《ろう》下《か》を走《はし》っては、先生《せんせい》に怒《おこ》られていたっけ。

そんなことを思《おも》い出《だ》して、少年《しょうねん》はくすくすと笑《わら》いながら、ゆっくりと窓《まど》に背《せ》を向《む》けた。

「さて、ぼくもそろそろ行《い》こうかな。」

すばやく紙《かみ》をたたんで、唯一残《ゆいいつのこ》っていた机《つくえ》の上《うえ》に置《お》く。

誰《だれ》かに気《き》づいてもらえるかわからない。たとえ気《き》づいてもらえても、探《さが》してもらえるとはかぎらない。

けれど、いつか誰《だれ》かが見《み》つけてくれる。そうすれば――。

少年《しょうねん》は、ぱちんと部屋《へや》の明《あ》かりを消《け》した。

ていねいに閉《し》めたドアに、かちり、と、鍵《かぎ》をかける。

「その日《ひ》まで、おやすみ。」

1 新聞《しんぶん》野球《やきゅう》で大《だい》パニック！

六月《がつ》に入《はい》ったとたん、さっそく梅雨《つゆ》がやってきた。

週間天気予報《しゅうかんてんきよほう》は、うんざりするくらい雨《あめ》マーク続《つづ》きで、今日《きょう》も朝《あさ》から、降《ふ》ったりやんだり。

重《おも》い灰色《はいいろ》の雲《くも》は、見《み》ているだけで、気分《きぶん》までどんよりしそうだけれど――。

「そんなに作《つく》ってどうするの！」と驚《おどろ》かれるほどクラブ数《すう》が多《おお》くて、「そんなにはりきってどうするの！」とさけばれちゃうほどクラブ活動《かつどう》が盛《さか》んな、桜《さくら》の山学園小学校《やまがくえんしょうがっこう》――桜小《さくらしょう》の生徒《せいと》が、雨《あめ》くらいでどんよりするわけなんてない。

「バッター、打《う》ちましたーっ！」

まだ、チャイムも鳴《な》っていない早朝《そうちょう》の教室《きょうしつ》に、興奮《こうふん》した男子《だんし》の声《こえ》が響《ひび》いた。

のんびりおしゃべり中《ちゅう》だったわたしの頭上《ずじょう》を、ひゅんっ、とボールが通《とお》り過《す》ぎていく。

コツン、と教室《きょうしつ》の壁《かべ》と天井《てんじょう》のあいだに当《あ》たると、

「走《はし》れ走《はし》れーっ！」

と、まわりで見《み》ていた男子《だんし》たちが、口々《くちぐち》にさけびだす。ボールを打《う》った男子《だんし》は、あわてて机《つくえ》をよけながら、床《ゆか》にはられたベースをまわりだした。

「おー。ホームランだねぇ。これでパンダさんチームが逆転《ぎゃくてん》だ。」

幼《おさな》なじみの神谷真幸《かみやまさき》——まーくんは、ボールを目《め》で追《お》いかけながら、のんびり言《い》った。

「毎日毎日《まいにちまいにち》、新聞野球《しんぶんやきゅう》ばかり、よくあきないわね。」

内田《うちだ》あきちゃんは、あきれ顔《がお》で肩《かた》をすくめる。

新聞野球《しんぶんやきゅう》というのは、現在《げんざい》、五年生《ねんせい》を中心《ちゅうしん》に大流行《だいりゅうこう》している遊《あそ》びだ。

遊《あそ》び方《かた》は簡単《かんたん》。新聞紙《しんぶんし》をまるめて作《つく》ったボールを、同《おな》じく新聞紙《しんぶんし》を棒状《ぼうじょう》にしたバットで打《う》つだけ。飛距離《ひきょり》を競《きそ》ったり、的《まと》あてだったり、今《いま》やってるような、本物《ほんもの》の野球《やきゅう》に近《ちか》いものだったり、ルールは人数《にんずう》や遊《あそ》ぶ場所《ばしょ》によって変《か》わるんだって。

「まあ、雨《あめ》ふりの日《ひ》もできる、っていうのがいいんだろうねぇ。なんて言《い》ったって、ぼくら、走《はし》りまわりたいお年頃《としごろ》だし。」

「新聞野球《しんぶんやきゅう》に参加《さんか》したことがないくせに、よく言《い》うわ。」

あきちゃんは、苦笑《くしょう》する。

「だって、みんなと一緒《いっしょ》に動《うご》いていたら、大事《だいじ》なときにすぐに出《だ》せないしねぇ。」

「出《だ》すって……なにを？」

まーくんはにっこり笑《わら》って、ポケットに手《て》を突《つ》っ込《こ》んだ。

「えーっと、絆創膏《ばんそうこう》に、湿布《しっぷ》。……あっ、今回《こんかい》から、虫《むし》さされの薬《くすり》も追加《ついか》してみたんだよ。ほら、もうそろそろ蚊《か》も出《で》てくる時期《じき》だしねぇ。」

机《つくえ》の上《うえ》にポケットから出《だ》した品《しな》を並《なら》べて、満足《まんぞく》そうにうなずく。

「うーん、我《われ》ながら、ほれぼれする品《しな》ぞろえだよ。さすが、癒《いや》しの達人《たつじん》だよね。」

「癒《いや》しの達人《たつじん》？　前《まえ》からそんなことを言《い》っているけれど、あんたはせいぜい、歩《ある》く『家庭《かてい》用救急箱《ようきゅうきゅうばこ》』でしょう。」

ばっさりあきちゃんに言《い》い切《き》られて、まーくんは、ちょっぴり情《なさ》けない顔《かお》をした。

「……せめて『家庭用《かていよう》』の部分《ぶぶん》、消《け》さないかい？」

「大《おお》げさな看板《かんばん》を出《だ》していると、苦情《くじょう》が来《く》るわよ。」

まーくんが、言葉《ことば》に詰《つ》まっていると、ふいに、後《うし》ろのドアが開《あ》いた。

入《はい》ってきたのは、学級委員《がっきゅういいん》の女《おんな》の子《こ》。人一倍《ひといちばい》、責任感《せきにんかん》の強《つよ》いその子《こ》は、教室《きょうしつ》の中《なか》を見《み》るやいなや、声《こえ》をはりあげた。

「こらっ！　中田《なかた》、広瀬《ひろせ》とその他《た》もろもろ！　新聞野球《しんぶんやきゅう》を教室《きょうしつ》でやるのは、やめなさいよ。もしなにかに当《あ》たったらどうするの！　ぴよちゃん、泣《な》かせる気《き》？」

よく通《とお》る声《こえ》で名指《なざ》しで怒《おこ》られて、ピッチャーくんの手《て》が止《と》まった。

ちなみに、ぴよちゃん、というのは、ここ五年二組《ねんくみ》の担任《たんにん》の先生《せんせい》だ。本名《ほんみょう》は小谷陽代《こたにひよ》子《こ》。名前《なまえ》どおり、ちっちゃくてかわいいぴよちゃんは、まだ二十五歳《さい》で、先生《せんせい》たちの中《なか》でいちばん若《わか》い。年《とし》が近《ちか》くて、話《はなし》もよく聞《き》いてくれるから、生徒《せいと》にはとっても人気《にんき》がある。

……ただし、ちょっと泣《な》き虫《むし》のおまけつきだけど。

いちばんキョーレツだったのは、新任式《しんにんしき》のとき、壇上《だんじょう》でマイクを前《まえ》にして緊張《きんちょう》したのか「話《はな》したいこと、いっぱい準備《じゅんび》してきたのに……全部忘《ぜんぶわす》れてしまいました。」と言《い》って、ベソベソ泣《な》きだしたこと。

去年《きょねん》はわたしたちの学年《がくねん》を持《も》っていなかったけれど、その一件《いっけん》で、ぴよちゃんは全学年《ぜんがくねん》の生徒《せいと》に名前《なまえ》と顔《かお》と性格《せいかく》を覚《おぼ》えられちゃったんだ。

あれから一年《ねん》。わたしたちのクラス担任《たんにん》になったぴよちゃんは、やっぱり今《いま》も泣《な》き虫《むし》で、週《しゅう》に一回《かい》くらいの割合《わりあい》でめそめそしている。

いつもは元気《げんき》で明《あか》るくて楽《たの》しい先生《せんせい》だから、急《きゅう》に泣《な》かれると、びっくりするんだよね。さすがに、もう、みんな慣《な》れちゃったけど。

「今《いま》、幸《しあわ》せいっぱいなんだから、よけいな心配《しんぱい》させるんじゃないわよ。」

ため息混《いきま》じりに、学級委員《がっきゅういいん》が言《い》った。

そうそう。泣《な》き虫《むし》ぴよちゃんだけど、今月《こんげつ》の終《お》わりに結婚《けっこん》するんだ（ちなみに「今月《こんげつ》、結婚《けっこん》します！」って報告《ほうこく》したときも、うれしかったのか、やっぱりぴよちゃんは泣《な》いた）。

そんな、大事《だいじ》な時期《じき》だから、ぴよちゃん大好《だいす》き我《わ》がクラスは、日々《ひび》、ぴよちゃんを泣《な》かせないように泣《な》かせないように、一生懸命《いっしょうけんめい》。

……でも、一週間《しゅうかん》ちかく雨《あめ》が続《つづ》いてるせいか、今日《きょう》はみんなのテンションが、ちょっとおかしかった。

「おい、まだか？」

ボールが飛《と》んでこないのにしびれを切《き》らしたのか、バッターくんが軽《かる》く身《み》じろぎする。

「お、おう！」

「ちょっと！　なにかあったらどうするのよ！」

学級委員《がっきゅういいん》に止《と》められるのも聞《き》かず、ピッチャーくんはふたたびボールをかまえる。

「ピッチャー、かまえました。」

実況《じっきょう》くんが、あわてて言《い》う。

「そして——投《な》げる。……打《う》ったぁ～ああっ、やべー！」

急《きゅう》に変《へん》な声《こえ》が聞《き》こえたものだから、一度《いちど》、視線《しせん》を外《はず》しかけたわたしたちは、ふたたび新《しん》聞野球《ぶんやきゅう》に目《め》を向《む》けて——そうして、そろって目《め》を見開《みひら》いた。

バッターくんが打《う》ったボールが、窓《まど》のほうに飛《と》んでいく。まるで、獲物《えもの》を見《み》つけたタカみたいに、一直線《いっちょくせん》に。

タカと違《ちが》うのは、その先《さき》にあるのがエサじゃなくて、花《か》びん、ってところ。

高《たか》さ三十センチくらいで、ちょっと変《か》わったひょうたん形《がた》。口《くち》の部分《ぶぶん》には、小《ち》さなカッパが腰《こし》かけていて、雪《ゆき》だるまみたいにぷくっとふくれたひょうたんの、下《した》のふくらみの部《ぶ》分《ぶん》には赤《あか》とピンクの波線《はせん》が入《はい》っている。

そうして、この花《か》びんは、ぴよちゃんのお気《き》に入《い》り……。

こん。

新聞紙《しんぶんし》ボールが花《か》びんに当《あ》たる軽《かる》い音《おと》が、静《しず》まりかえった教室《きょうしつ》に、やたら大《おお》きく響《ひび》いた。

スローモーションで再生《さいせい》したみたいに、花《か》びんはゆっくりと倒《たお》れていく。

ごつん。

「ひゃあっ！」

思《おも》わず肩《かた》をすくめる。

横《よこ》になった花《か》びんは、ゆらゆらと揺《ゆ》れたあと、床《ゆか》に落《お》ちることなく、ぴたりと止《と》まった。

「あっぶねぇ……。」と、バッターくんが、胸《むね》をなで下《お》ろす。

「助《たす》かったー。」と、ピッチャーくんも息《いき》をはいている。

「ほら！　だから、教室《きょうしつ》で野球《やきゅう》するなって言《い》ったでしょ！」

「だから、もうやめるって。はぁ〜、割《わ》れなくてよかった。」

バッターくんは、倒《たお》れた花《か》びんを持《も》ちあげて——そのまま固《かた》まった。

「……おい、なにやってんだ？」

キャッチャーくんが、不思議《ふしぎ》そうに近《ちか》づいていく。バッターくんが、ふりかえった。

右手《みぎて》に花《か》びん、そうして左手《ひだりて》に、花《か》びんについていたカッパの置物《おきもの》を持《も》って……。

「ぎゃあ〜〜っ！」

はじめに悲鳴《ひめい》をあげたのは、バッターくん。つられて、キャッチャーくんもさけんだ。

「どどうすんだよ！」

野球《やきゅう》をしていた男子《だんし》が、いっせいにおろおろしはじめる。

それを見《み》て、まーくんは「たいへんそうだねぇ。」と、のんきに笑《わら》っている。

あきちゃんは「自業自得《じごうじとく》でしょ。」と、いつもどおりのそっけなさ。

ハラハラしながら見守《みまも》っていたら、ふと、キャッチャーくんと目《め》が合《あ》った。

その瞬間《しゅんかん》、絶望感《ぜつぼうかん》たっぷりだったその子《こ》の目《め》が、ぱあっ、と輝《かがや》いた。

「皆川《みながわ》、おまえ、たしか修理《しゅうり》クラブだったよな！」

「修理《しゅうり》クラブじゃなくて、なんでも修理《しゅうり》クラブだよ！」

まーくんが、横《よこ》でうなずく。

なんでも修理《しゅうり》クラブは、今年《ことし》、わたしたちが作《つく》ったクラブだ。メンバーは、わたしとあきちゃん、それにまーくんの三人《にん》。

修理《しゅうり》——といっても、壊《こわ》れるものは物《もの》だけじゃない。友達関係《ともだちかんけい》や、家族関係《かぞくかんけい》、そういう「目《め》には見《み》えないもの」を修理《しゅうり》するのが、このクラブの役目《やくめ》なんだ。

でも、わたしの説明《せつめい》は、最後《さいご》まで聞《き》いてもらえなかった。

「いやいや、そんな細《こま》かいことは、今《いま》はいい。とりあえず、修理《しゅうり》ならなんだっていい！」

キャッチャーくんは、うんうんとうなずきながら、バッターくんから花《か》びんをもぎとって、こっちに歩《ある》いてきた。

……ん？　なんだかちょっと、イヤな予感《よかん》。

そう思《おも》ったときには、もう、わたしの両手《りょうて》にはしっかり、花《か》びんとカッパの置物《おきもの》が押《お》しつけられていた。

「俺《おれ》には無理《むり》だ！　皆川《みながわ》——いや、皆川結子《みながわゆいこ》さま、あとはよろしく頼《たの》む！」

「ええっ！」

「言《い》い争《あらそ》ってる時間《じかん》なんてない！　おまえだって、ぴよちゃんを泣《な》かせたくないだろ。」

言《い》われて、おそるおそる時計《とけい》を見《み》てみた。

午前《ごぜん》八時《じ》四十分《ぷん》。

ぴよちゃんが教室《きょうしつ》に来《く》るまで、あと五分《ふん》。

「うえええええっ！」

用務員室《ようむいんしつ》まで行《い》けば、修理《しゅうり》に使《つか》えそうな道具《どうぐ》はあるけれど、さすがに今《いま》からだと、三階《がい》から一階《かい》まで行《い》って戻《もど》ってくるのは無理《むり》だよ！

「どどどどうしよう！」

あわてて机《つくえ》の引《ひ》き出《だ》しをたしかめてみたけれど、使《つか》えそうなものはなにもなし。

「ゆっちゃん、これは？」

ぽんぽん、と、まーくんが肩《かた》をたたいた。ふりかえると、まーくんはにっこり笑《わら》って、机《つくえ》の上《うえ》の絆創膏《ばんそうこう》を、こっちにさし出《だ》した。

「あっ、なんなら、湿布《しっぷ》と包帯《ほうたい》でもいいよ。」

「ええっ！　これ、ケガなの？」

……たしかに、言《い》われてみれば、ケガに見《み》えないこともないけれど。

うーん、と考《かんが》えていたら、あきちゃんはじろりとまーくんをにらみつけた。

「割《わ》れたところを目立《めだ》たせてどうするのよ。湿布《しっぷ》なんて、花《か》びんにはるくらいなら、あんたの脳《のう》みそにでもはっておきなさいよ。少《すこ》しは頭《あたま》も冷《ひ》えるんじゃない。」

「あはは。これ温湿布《おんしっぷ》だから、逆《ぎゃく》に……。」

カチン、と教室《きょうしつ》の空気《くうき》がこおったみたいな気《き》がした。絶好調《ぜっこうちょう》の雪女《ゆきおんな》もびっくりな、強烈《きょうれつ》に冷《つめ》たい視線《しせん》をまともに受《う》けたまーくんは、一瞬《いっしゅん》で顔《かお》を引《ひ》きつらせる。

「……まだ、なにか言《い》いたいことでもあるの？」

「いえ、めっそうもございません。」

小《ちい》さくなったまーくんは、そそくさとわたしの後《うし》ろにかくれる。

「って、今《いま》はそれどころじゃないよ！」

両手《りょうて》に花《か》びんとカッパを抱《かか》えたまま、わたしはおろおろ。なんて言《い》うか、もうすぐ爆発《ばくはつ》しそうな時限爆弾《じげんばくだん》を持《も》たされてる気分《きぶん》だよ。

「だ、誰《だれ》か、接着剤《せっちゃくざい》持《も》ってない？」

そう言《い》って、ぐるりと教室《きょうしつ》の中《なか》を見《み》まわしてみる。でも、当然《とうぜん》のように、誰《だれ》も名乗《なの》りでてくれない。当《あ》たり前《まえ》だよね。そんなのふつう、学校《がっこう》に持《も》ってこないもん。

そのとき、ふと、わたしの目《め》に、花《か》びんのとなりに置《お》いてあった、忘《わす》れ物入《ものい》れが飛《と》び込《こ》んできた。その中《なか》に入《はい》っていたものを見《み》た瞬間《しゅんかん》、ぴんときた。

「これだっ！」

風《かぜ》のように忘《わす》れ物入《ものい》れに走《はし》っていくと、わたしはあきちゃんたちに向《む》かって、元気《げんき》よくそれをかざした。

「水《みず》のり！」

まーくんとあきちゃんが、不安《ふあん》そうな目《め》をした。

「ゆっちゃん、そんなので大丈夫《だいじょうぶ》？」

「わかんない！　でも、あと三分《ぷん》しかないんだもん！」

急《いそ》いでキャップを外《はず》すと、割《わ》れたところに水《みず》のりをぬり込《こ》んだ。そこに、そうっとカッパを押《お》しつける。

十秒《びょう》、二十秒《びょう》……まだまだ、あせっちゃだめ。とにかく、くっつくまでこのまま我慢《がまん》。

そのまま一分《ぷん》ほど待《ま》って、ゆっくり手《て》を離《はな》してみた。

カッパは、落《お》ちずにそのまま花《か》びんにくっついている。

「おおーっ！　やった！」

男子《だんし》が声《こえ》をあげた。

でも、完全《かんぜん》についたわけじゃない。少《すこ》し触《さわ》っただけで、ぐらぐら揺《ゆ》れる。

抜《ぬ》き足《あし》、差《さ》し足《あし》、忍《しの》び足《あし》。わたしは、そーっと花《か》びんを元《もと》の位置《いち》に戻《もど》した。

「……よし。」

とりあえず、今《いま》はこれでオッケー。よっぽど近《ちか》くから見《み》ないと、割《わ》れているなんてわからない……と、思《おも》う！　あとは放課後《ほうかご》まで、ぴよちゃんにバレないように気《き》をつけるだけ。

そのとき、チャイムが鳴《な》った。

その音《おと》で、はっ！　と我《われ》にかえって、みんながあたふたと自分《じぶん》の席《せき》にかけ戻《もど》っていく。

「おはようございます！」

いつもどおり、元気《げんき》に教室《きょうしつ》に入《はい》ってきたぴよちゃんは、きれいに全員《ぜんいん》が着席《ちゃくせき》した教室《きょうしつ》の中《なか》をくるっと見《み》まわして、小《ちい》さく首《くび》をかしげた。

「あれ？　みんな、どうかしたの？　今日《きょう》はやけにいい子《こ》なのね。なにかあったの？」

「そっ、そんなことないない！　いつもどおりだって。なあ？」

ピッチャーくんがあわてて言《い》うと、まわりの子《こ》たちも、急《いそ》いでうなずく。わぁ……それ、逆《ぎゃく》に不自然《ふしぜん》だよ。

「えーっ、先生《せんせい》は仲間《なかま》はずれ？　ひどい！」

ぴよちゃんは、ほおをふくらませた。「いいもん！　宿題《しゅくだい》増《ふ》やしてやるんだ！」なんて、怖《こわ》いことを言《い》いながら、出席簿《しゅっせきぼ》をデスクに置《お》いて——ふと、窓《まど》のほうに視線《しせん》を向《む》けた。

ぎく。

教室《きょうしつ》の中《なか》に、変《へん》な緊張《きんちょう》がはしる。でも、それに気《き》づいていないぴよちゃんは、

「それにしても、今日《きょう》もよく降《ふ》るわね。」

と、窓《まど》のほうに歩《ある》きだした。

「わぁ～～っ！」

思《おも》わずさけんでしまったら、ぴよちゃんはびっくりして足《あし》を止《と》めた。

「えっ、どうかしたの？」

「えっと、雨《あめ》の日《ひ》って、ストレスたまるなぁ、と思《おも》って……。」

「そうよねぇ。わかるわかる。でも、急《きゅう》にさけばれたら、先生《せんせい》、びっくりしちゃうよ。」

「あ……ごめんなさい。」

うんうん、とぴよちゃんはにっこり笑《わら》って、また窓《まど》のほうに歩《ある》きだした。

「でも、雨《あめ》だからって、窓《まど》を閉《し》め切《き》るのはよくないよね。少《すこ》しだけ、開《あ》けていい？」

そう言《い》って、ぴよちゃんが手《て》を伸《の》ばしたのは、花《か》びんのちょうど後《うし》ろの窓《まど》……。

「わあああああっ！」

今度《こんど》は、わたしだけじゃなかった。いっせいに、教室《きょうしつ》のあちこちから悲鳴《ひめい》があがって、ぴよちゃんはぎょっとした。

「ど、どうしたの、みんな！」

「どうもしてないけれどね。ほら、早《はや》くホームルーム始《はじ》めたほうがいいんじゃないかなぁ。」

まーくんが、少《すこ》しだけ早口《はやくち》で言《い》うと、ぴよちゃんは首《くび》をかしげながらも、うなずいた。

「そうね。じゃあ、とりあえず窓《まど》だけ開《あ》けちゃうね。……おっとっと！」

ぴよちゃんの手《て》が、コツンと花《か》びんに当《あ》たった。

ぐらり、と、花《か》びんが揺《ゆ》れる。

や、やばい……！

固《かた》まってしまったわたしたちの前《まえ》で、ずる、と少《すこ》しだけカッパがずり落《お》ちた。

「ぎゃあああああっ！」

みんなのさけび声《ごえ》で、なんだかちょっと、校舎《こうしゃ》が揺《ゆ》れた気《き》がした。

「はぁ……疲《つか》れたよう。」

放課後《ほうかご》の用務員室《ようむいんしつ》。

わたしは、ぺしゃんとテーブルの上《うえ》でつぶれて、ため息《いき》をついた。

だって「わざとやってるんじゃないの？」っていうくらい、ぴよちゃんったら、何回《なんかい》も花《か》びんにぶつかりそうになるんだもん。

そのたびに、みんなで悲鳴《ひめい》をあげて、不思議《ふしぎ》がられるとごまかして。最後《さいご》のほうなんて、もう、ぴよちゃんが窓《まど》ぎわに近《ちか》づかないように、授業《じゅぎょう》が早《はや》く終《お》わりそうになると、みんなが質問《しつもん》攻《ぜ》めをして（いつもなら、授業《じゅぎょう》が早《はや》く終《お》わると、みんなでバンザイして喜《よろこ》ぶんだけどね）なんとかぴよちゃんを黒板《こくばん》の前《まえ》から動《うご》かさないように必死《ひっし》だった。

今日《きょう》のクラスの結束力《けっそくりょく》は、本当《ほんとう》にすごかったよ……。

「まあ、バレずにすんでよかったよねぇ。」

のほほんと、まーくんはお茶《ちゃ》を飲《の》みながら、ひとりでうなずく。

「それより、早《はや》く修理《しゅうり》したほうがいいんじゃないの。せっかく小谷先生《こたにせんせい》にバレずに持《も》ってこられたんだから。」

いつもどおり、冷静《れいせい》なあきちゃんは、今日《きょう》もやっぱり落《お》ち着《つ》いている。そういえば、今日《きょう》の授業中《じゅぎょうちゅう》も、あきちゃんだけは通常運転《つうじょううんてん》だったっけ。

「うん、そうだね。早《はや》く直《なお》しちゃう。」

ぴよちゃんが職員室《しょくいんしつ》に戻《もど》るのを見計《みはか》らって、教室《きょうしつ》から持《も》ってきた花《か》びんを、わたしはテーブルの上《うえ》に置《お》いた。

ちょん、と水《みず》のりでつけたカッパをつついてみる。水《みず》のりがすっかり乾《かわ》いているせいか、カッパはぴくりとも動《うご》かない。

「案外《あんがい》、水《みず》のりってくっつくものなんだねぇ。」

「わたしも、こんなにちゃんとつくものだって、思《おも》わなかったよ。」

それでも、やっぱり何回《なんかい》か揺《ゆ》すっていると、そのうちぽろりとカッパは外《はず》れた。

あとは、水《みず》のりの代《か》わりに、きちんと接着剤《せっちゃくざい》でつけ直《なお》して、そっと教室《きょうしつ》に戻《もど》しておけば、わたしたちの任務《にんむ》は完了《かんりょう》。

「ここそ運《はこ》んで、こそこそ直《なお》して、こそこそ戻《もど》す……おまえら、クラブ活動《かつどう》をしているというより、忍者《にんじゃ》にでもなったみたいだな。」

一部始終《いちぶしじゅう》を聞《き》いていたくまさんは、おもしろそうに笑《わら》っている。

ちなみに、くまさんの本名《ほんみょう》は植木五郎《うえきごろう》。桜小《さくらしょう》の用務員《ようむいん》で「なんでも修理《しゅうり》クラブ」の顧問《こもん》なんだ。

「でも、依頼《いらい》がなんにもないよりは、マシだよ。」

わたしが言《い》うと、まーくんとあきちゃんもうなずいた。

名前《なまえ》どおり「なんでもこい！」な修理《しゅうり》クラブだけれど、このクラブには、一つ欠点《けってん》がある。

依頼《いらい》が入《はい》らないと、ビラ書《か》きしかやることがない、ってこと。

クラブ結成《けっせい》からの一週間《しゅうかん》、あのときのビラ書《か》き地獄《じごく》を思《おも》い出《だ》してゾッとしていると、ふいに、ドアをノックする音《おと》が聞《き》こえた。

「はいはい。」

ドアに近《ちか》かったくまさんが返事《へんじ》をすると、

「ちょっと、じゃまするぜ。」

いっせいに入《い》り口《ぐち》を見《み》たわたしたちは、そのままぽかんとしてしまった。

まーくんが、ちょっと首《くび》をかしげる。その顔《かお》が言《い》っている。

……誰《だれ》？

私服《しふく》のわたしたちとは違《ちが》って、入《はい》ってきた男《おとこ》の子《こ》は、制服姿《せいふくすがた》。桜《さくら》の山学園《やまがくえん》で、制服《せいふく》があるのは中学校《ちゅうがっこう》以上《いじょう》だから、この人《ひと》が小学生《しょうがくせい》じゃないのは間違《まちが》いないんだけれど……。

べつに、行《い》っちゃだめ！　という規則《きそく》があるわけじゃないけれど、中学生《ちゅうがくせい》が小学校《しょうがっこう》の校《こう》舎《しゃ》に来《く》ることは、ほとんどない。

「おう、珍《めずら》しいな。どうかしたのか？」

くまさんは一瞬《いっしゅん》だけ、小《ちい》さい目《め》を見開《みひら》いて言《い》った。声《こえ》の感《かん》じからすると、この人《ひと》のこと、知《し》っているんだと思《おも》う。すごく親《した》しげだもん。

「ちょっと、金貸《かねか》してくれよ。財布《さいふ》持《も》ってくるの忘《わす》れてさ。」

その人《ひと》は、そう言《い》ってくまさんに手《て》を伸《の》ばした。

「か、かつあげだ……！」

思《おも》わず口《くち》に出《だ》してしまって、わたしはあわてて両手《りょうて》で口《くち》を押《お》さえた。

その人《ひと》が、ちらりとこっちを見《み》る。そうして、いきなり笑《わら》いだした。

「かつあげだってさ。」

くまさんは、苦笑《くしょう》する。

「そりゃあ、はたから見《み》ればそんなふうに映《うつ》るだろうよ。」

「ははっ。そりゃ、驚《おどろ》かせて悪《わる》かった。」

笑《わら》いながら、その人《ひと》はわたしたちのほうに近《ちか》づいてくる。

思《おも》わず身構《みがま》えたら、その人《ひと》はようやく笑《わら》うのをやめて、こっちを見《み》てにやりとした。

「そんな『珍獣《ちんじゅう》が来《き》た！』みたいな顔《かお》するなって。植木祐介《うえきゆうすけ》、中学《ちゅうがく》二年《ねん》だ。いつも親父《おやじ》が、世話《せわ》になってるな。」

わたしたちは思《おも》わず、ぺこん、と頭《あたま》をさげた。

……ん？　植木《うえき》？　親父《おやじ》？

「ま、まままさか！　く、くまさんの……？」

ウソだよね？　だって、切《き》れ長《なが》の目《め》にシャープなあご……その他《た》もろもろ、どこを取《と》っても全然《ぜんぜん》クマっぽくないよ？　むしろ、すごくかっこいい。芸能人《げいのうじん》って言《い》われても、わたしはたぶん、信《しん》じちゃう。

わたしたちは、三人《にん》で、さっと円《えん》になった。

「あきちゃん！　この人《ひと》、本当《ほんとう》に、くまさんの子《こ》どもなの？」

「けっこう有名《ゆうめい》よ。」

あきちゃんは、驚《おどろ》きもしないでうなずいた。

「いやぁ〜、突然変異《とつぜんへんい》って、ぼく初《はじ》めて見《み》たよ。」

とりあえず、まーくんは楽《たの》しそう。

「おまえらなぁ……。」

苦《にが》い顔《かお》をしているくまさんのそばで、くまさんの息子《むすこ》は、やっぱり笑《わら》っている。ふつうにしていると、かっこよすぎて、ちょっと近《ちか》づきにくいけれど、笑《わら》うとなんだかかわいく見《み》える。ちょこんと八重歯《やえば》がのぞいて、急《きゅう》に親《した》しみやすくなった感《かん》じがする。

「よく言《い》われるんだ。似《に》てないだろ。」

うん、とわたしたちは三人《にん》そろってうなずいた。

くまさんは「おまえら、正直《しょうじき》すぎるだろう……。」と切《せつ》なそうな顔《かお》をしてるけれど、くまさんの息子《むすこ》は、全然気《ぜんぜんき》にしてないみたい。

「親父《おやじ》が、顧問《こもん》になったっていうから。どんなクラブか話《はなし》を聞《き》いてみたかったんだ。せっかくここまで来《き》たんだし、おまえら、おごってやるから、ちょっとつきあえよ。」

わたしとまーくんは、勢《いきお》いよく立《た》ちあがった。

「つきあう〜〜！」

「おいっ、祐介《ゆうすけ》、今《いま》、財布《さいふ》忘《わす》れたって言《い》ってなかったか？」

「忘《わす》れた忘《わす》れた。だから――。」

はい、とからっぽの手《て》を出《だ》されて、くまさんはぽかんとしている。

「……この手《て》はなんだ？」

「決《き》まってるだろ。まさか、後輩《こうはい》の前《まえ》で息子《むすこ》に恥《はじ》をかかせるようなこと、しないよな。く、く、くまさん？」

はあ!?　と、くまさんは、すっとんきょうな声《こえ》をあげた。うーん。山《やま》から人里《ひとざと》におりてきたクマが、初《はじ》めて町《まち》を見《み》たとき、こんな顔《かお》をするんだろうなあ、って気《き》がする。

でもまあ、せっかくだから、わたしたちはくまさんに向《む》かって、にっこりして言《い》った。

「くまさん、ごちそうさまでーす！」

くまさんの息子《むすこ》に連《つ》れられて、わたしたちは中学校《ちゅうがっこう》の学食《がくしょく》に入《はい》った。

「悪《わる》い。親父《おやじ》、五百円《えん》しかくれなかったんだ。」

そう言《い》って、くまさんの息子《むすこ》は、自動販売機《じどうはんばいき》で買《か》ってきた紙《かみ》コップのジュースを、わたしたちの前《まえ》にコンコン置《お》いていく。

「ありがとうございます！」

わたしとまーくんが、仲良《なかよ》く言《い》う。人見知《ひとみし》りのあきちゃんは、静《しず》かに一礼《いちれい》。

「さっきから、ずいぶんきょろきょろしてるけど、なにか珍《めずら》しいものでも見《み》つけたか？」

顔《かお》をのぞき込《こ》まれて、わたしはうなずいた。

「中学《ちゅうがく》の校舎《こうしゃ》、初《はじ》めて入《はい》った！」

「ははっ。そりゃ、きょろきょろしたくなるな。」

小学校《しょうがっこう》は買《か》い食《ぐ》い禁止《きんし》だから、自動販売機《じどうはんばいき》もない。でも、中学《ちゅうがく》と高校《こうこう》の校舎《こうしゃ》には、自動《じどう》販売機《はんばいき》だって購買部《こうばいぶ》だってあるんだ。購買部《こうばいぶ》で買《か》ってきたお菓子《かし》や飲《の》み物《もの》を食《た》べたり飲《の》んだりしながら、制服姿《せいふくすがた》で休憩《きゅうけい》している中学生《ちゅうがくせい》は、なんだかすごく「大人《おとな》！」って感《かん》じがする。

でも、きょろきょろしているのは、わたしだけ。まーくんは、いつもどおりにこにこしているだけだし、あきちゃんなんて真顔《まがお》で、出《だ》されたジュースをちびちび飲《の》んでる。

「なるほどなぁ。誰《だれ》が誰《だれ》なのか、わかった気《き》がする。真幸《まさき》、結子《ゆいこ》、あき、だろ。」

「わっ！　なんでわかるの？」

くまさんの息子《むすこ》が順番《じゅんばん》に指《ゆび》さしながら言《い》った名前《なまえ》は、全部《ぜんぶ》カンペキに一致《いっち》。わたしたち、誰《だれ》も名乗《なの》ってないのに！

「親父《おやじ》とぴよちゃんから、聞《き》いたんだ。」

ん？　なんでここで、ぴよちゃんの名前《なまえ》が出《で》てくるの？

まーくんと首《くび》をかしげていたら、くまさんの息子《むすこ》は、コーヒーをぐいっと飲《の》んで言《い》った。

「俺《おれ》、剣道部《けんどうぶ》の部長《ぶちょう》やってるんだ。ぴよちゃんって、剣道《けんどう》うまいだろ。だからたまに、剣《けん》道部《どうぶ》の練習《れんしゅう》に来《き》てくれるんだよ。」

くまさんの息子《むすこ》は、にやりと笑《わら》った。

「おまえらのことも聞《き》いてるぜ。『クラスの子《こ》がクラブを作《つく》った！』って、ぴよちゃん、うれしそうに話《はな》してた。」

ちょっと、感動《かんどう》してしまった。ぴよちゃん、わざわざ中学《ちゅうがく》の人《ひと》たちにも話《はな》してくれていたんだ。やっぱりいい先生《せんせい》だよ！

「そうそう。俺《おれ》のことは『祐《ゆう》にい』とでも呼《よ》んでくれ。近所《きんじょ》の子《こ》は、みんなそう呼《よ》ぶんだ。」

祐《ゆう》にい、と、わたしはちっちゃく声《こえ》に出《だ》して言《い》ってみた。

わっ！　なんだか本当《ほんとう》にお兄《にい》ちゃんができたみたい！

「祐《ゆう》にいー！」

「ん？　なんだ？」

祐《ゆう》にいは、にっ、と笑《わら》って言《い》った。

「呼《よ》んでみただけ！」

「ははっ、そうか。」

あっ。今《いま》の反応《はんのう》、ちょっとだけ、くまさんっぽい。

「ゆっちゃんは本当《ほんとう》、すぐに誰《だれ》とでも打《う》ち解《と》けられるねぇ。」

まーくんが、しみじみ言《い》った。あきちゃんは、軽《かる》く肩《かた》をすくめる。

「お菓子出《かしだ》されれば、誰《だれ》にだってついていくわよ、その子《こ》。」

「ええっ！　さすがにそれはないよ！　わたしだって、ちゃんと相手《あいて》を選《えら》ぶよ！」

あわてて抗議《こうぎ》したら、まーくんがにっこり笑《わら》って言《い》った。

「じゃあ『お菓子出《かしだ》されたらついていく』に、給食《きゅうしょく》のプリン一つ。」

「わたしも『ついていく』ほうに、給食《きゅうしょく》のヨーグルト一つ。」

賭《か》けが成立《せいりつ》しないねぇ、と、まーくんは困《こま》り顔《がお》。ちょっと待《ま》って！　人《ひと》を賭《か》けごとに使《つか》わないでよ！　ついでに、二人《ふたり》ともそっちに賭《か》けるって、おかしくない？

「もう！　そんなに簡単《かんたん》に、ついていかないもん！」

それなのに、二人《ふたり》は不満《ふまん》そう。

……まあ、もらえるお菓子《かし》の種類《しゅるい》によっては、ちょっと考《かんが》えるけど。

こっそり、そんなふうに思《おも》っていたら、祐《ゆう》にいが声《こえ》をあげて笑《わら》った。

「おまえら、本当《ほんとう》に仲《なか》いいな。それだけ仲良《なかよ》くできれば、クラブも楽《たの》しいだろ。」

うーん、とわたしたちは三人《にん》そろって考《かんが》え込《こ》んでしまった。

楽《たの》しいのは楽《たの》しいんだけれど……。

「ただ、なかなか依頼《いらい》が来《こ》ないんだよね。」

へちょん、とテーブルの上《うえ》でつぶれる。結局《けっきょく》、まだ依頼《いらい》は一件《けん》だけ（今日《きょう》の花《か》びんを入《い》れたら、二件《けん》になるけれどね）。

「まあ、新規《しんき》クラブなんてそんなものだろ。……そういや、修理《しゅうり》クラブって、どんな感《かん》じのクラブなんだ？　親父《おやじ》にも聞《き》いたが、いまいちわからないんだよな。」

「あ、じゃあこれどうぞ。」

まーくんが、すかさずポケットからビラを出《だ》す。

名前《なまえ》を間違《まちが》えられるのと同《おな》じくらい、クラブの活動内容《かつどうないよう》を聞《き》かれることも多《おお》いから、わたしたちは、いつもビラを持《も》ち歩《ある》くことにしているんだ。

……正確《せいかく》には、クラブ結成後《けっせいご》、ヒマでヒマでしかたなかった暗黒《あんこく》の一週間《しゅうかん》に作《つく》ったビラが、いまだにあまっているから、早《はや》く配《くば》ってしまいたいだけなんだけれど。

「これを見《み》れば、いい、なんでも修理《しゅうり》クラブのこと、わかってもらえるんじゃないかなぁ。」

ちゃっかりクラブ名《めい》を訂正《ていせい》しながら、まーくんはビラをさし出《だ》した。

祐《ゆう》にいは、ひとりで「へー。」とか「ほー。」とかつぶやいていたけれど、やがて顔《かお》をあげて、にっ、と笑《わら》った。

「いいクラブじゃないか。なんでも、ってあたりが、おまえらにも親父《おやじ》にもぴったりだな。……よし。じゃあ、困《こま》ったことがあったら、なんでも修理《しゅうり》クラブにお願《ねが》いしに行《い》くよ。」

わたしたちは、ぱあっと顔《かお》を輝《かがや》かせた。

「ほんと？」

やったぁー！　と両手《りょうて》をあげたら、祐《ゆう》にいはうなずいて、目《め》を細《ほそ》めた。

その雰囲気《ふんいき》が、なんだかわたしたちを見《み》るくまさんとちょっぴり重《かさ》なった。

見《み》た目《め》は似《に》てなくても、こういうちょっとしたところに、親子《おやこ》って出《で》るものなんだね。

そのとき、学食《がくしょく》に入《はい》ってきた体操服姿《たいそうふくすがた》の男子生徒《だんしせいと》が、こっちを見《み》て手《て》をあげた。

「おーい、祐介《ゆうすけ》！」

祐《ゆう》にいは入《い》り口《ぐち》をふりかえる。男子生徒《だんしせいと》と目《め》が合《あ》うと、「よっ！」と、手《て》をあげかえした。

「祐介《ゆうすけ》、なんでここにいるんだ。くまさんに金《かね》もらいに行《い》っただけじゃなかったのか？」

「そこで、ステキな出会《であ》いをしてしまったんだよなー。」

祐《ゆう》にいが、笑《わら》いながらわたしたちを見《み》ると、相手《あいて》は苦笑《くしょう》した。

「ナンパはほどほどにしとけよ。オレ、先《さき》に部活《ぶかつ》行《い》ってるから。」

ああ、と祐《ゆう》にいは返事《へんじ》をすると、残《のこ》っていたコーヒーを一気《いっき》飲《の》みして、立《た》ちあがった。

「今《いま》の、剣道部《けんどうぶ》の部員《ぶいん》なんだ。悪《わる》い、見《み》つかったから、そろそろ戻《もど》る。――あ、おまえらだけで帰《かえ》れるか？」

「うん、大丈夫《だいじょうぶ》！」

元気《げんき》に答《こた》えると、祐《ゆう》にいはうなずいた。

「じゃあ。うちのクマをよろしく頼《たの》むな。」

にやりと笑《わら》った祐《ゆう》にいに、わたしたちはげらげら笑《わら》いながらうなずきかえした。

「まかせて！」

2 ひょうたんからヒント？

用務員室《ようむいんしつ》のドアを開《あ》けると、正面《しょうめん》のデスク（別名《べつめい》・くまさんのなわばり）に座《すわ》っていたくまさんが、のっそりと顔《かお》をあげた。

「くまさん、ただいま〜！」

「おう、帰《かえ》ってきたか。しっかりお茶《ちゃ》してきたか？」

「うん。ジュースおごってもらったよ。いい人《ひと》だね、祐《ゆう》にい。」

まあ、俺《おれ》の息子《むすこ》だからな、なんて照《て》れくさそうな顔《かお》をしたくまさんだったけれど、

「似《に》てないけどね。」

「ほんと、似《に》てないわよね。」

と、まーくんたちに言《い》われて、苦《にが》い顔《かお》。

「まあまあ。とりあえず、これの修理《しゅうり》しよう！」

ささっ、と畳《たたみ》に上《あ》がると、わたしは部屋《へや》の奥《おく》のふすまを開《あ》けて、押《お》し入《い》れの中《なか》から用具《ようぐ》箱《ばこ》を取《と》り出《だ》した。中《なか》には、ドライバーやペンチ、ほかにもたくさんの工具《こうぐ》が、ぎっしり詰《つ》まっている。

「いつ見《み》ても、すごい工具《こうぐ》だよねぇ。おばあちゃんのお古《ふる》なんだっけ？」

横《よこ》からまーくんがのぞいてくる。接着剤《せっちゃくざい》を出《だ》しながら、わたしはうなずいた。

「あっ、でもね、おこづかいで買《か》ったのもあるよ！　あとね、このドライバーセットはね、去年《きょねん》の誕生日《たんじょうび》に買《か》ってもらった！　見《み》て見《み》て！」

じゃーん！　と、ドライバーをかかげる。

まーくんたちは、すっ、とわたしから視線《しせん》をそらした。

「いや……まあ、価値観《かちかん》って、いろいろだよね。」

「なんで、そんなに微妙《びみょう》な反応《はんのう》なの？　ほらほら、三十六本《ぽん》セットだよ！」

そう言《い》ったら、あきちゃんが苦笑《くしょう》した。

「結子《ゆいこ》らしいといえば、結子《ゆいこ》らしいわ。」

すごーい！　いいな、わたしも欲《ほ》しい！　みたいな反応《はんのう》を期待《きたい》していたのに、どっちかというと、あれに思《おも》われているような感《かん》じがするんだけど……なんでだろ？

「ほら、ぼーっとしていないで、さっさと直《なお》しちゃいましょう。」

あきちゃんに言《い》われて、中央《ちゅうおう》のテーブルにのせたままにしてあった花《か》びんを見《み》た。

そうそう、ドライバーを見《み》せびらかしている場合《ばあい》じゃなかったよ。

改《あらた》めて、カッパがついていた部分《ぶぶん》を確認《かくにん》してみる。とくに、花《か》びんにもカッパにも、傷《きず》は見《み》られない。本当《ほんとう》に外《はず》れただけみたいだから、これは接着剤《せっちゃくざい》だけで十分《じゅうぶん》きれいに直《なお》りそう。

「よし！　やろう！」

はりきって修理《しゅうり》を始《はじ》めようとしたところで、わたしはふと、ひっくりかえした花《か》びんの底面《ていめん》に、なにか書《か》いてあるのに気《き》がついた。

「なにこれ？　……『び』？」

まーくんとあきちゃんも、寄《よ》ってきた。

「『び』だねぇ。ひらがなの。」

まーくんが言《い》うと、あきちゃんもうなずく。

ひらがなの『び』の字《じ》は、底面《ていめん》の中央《ちゅうおう》に、一文字《ひともじ》だけ彫《ほ》り込《こ》むようにして書《か》いてある。よく見《み》ると、花《か》びんの底《そこ》は、ほかの部分《ぶぶん》よりも白《しろ》い。花《か》びんじたいは陶器《とうき》だけれど、ここだけは材質《ざいしつ》が違《ちが》うみたいだ。

「石膏《せっこう》、かなぁ？　ここだけあとからぬったみたいだよね。」

でも、誰《だれ》が、なんのために？

もしかして、すでに誰《だれ》かが割《わ》っていて、その補修《ほしゅう》に石膏《せっこう》を使《つか》ったのかな？　と思《おも》ったけれど、石膏《せっこう》って、花《か》びんの補修《ほしゅう》には向《む》いてない。時間《じかん》がたつと、水《みず》がしみちゃうんだ。

「……ねえ。これ、奥《おく》になにか入《はい》ってない？」

「えっ？」

あきちゃんに言《い》われて、わたしは花《か》びんの中《なか》をのぞき込《こ》んだ。

暗《くら》くて見《み》にくいけれど、たしかに下《した》のふくらみの部分《ぶぶん》に、ちらっとビニール袋《ぶくろ》が見《み》える。

「ほんとだ！　なんだろ、これ。」

名刺《めいし》くらいの大《おお》きさで、中《なか》に入《はい》っているのは……紙《かみ》？

ぐいっ、と花《か》びんの中《なか》に手《て》を突《つ》っ込《こ》んで、指先《ゆびさき》でなんとかビニール袋《ぶくろ》のはしをつまむ。

ゆっくり引《ひ》っぱると、テープで固定《こてい》されていただけのビニール袋《ぶくろ》は、あっさり外《はず》れた。

そっとビニール袋《ぶくろ》のチャックを開《あ》けて、中《なか》の紙《かみ》を出《だ》す。

けっこう古《ふる》いみたいで、紙《かみ》のはしは、すっかり黄《き》ばんでしまっている。うっかり破《やぶ》いてしまわないように、四《よ》つ折《お》りになっている紙《かみ》を、そっと開《ひら》いてみた。

未来《みらい》の桜小《さくらしょう》の生徒《せいと》へ
さあ　これが、ぼくらが残《のこ》す最後《さいご》の問題《もんだい》だ。
ぼくらの宝《たから》は、真《ま》ん中《なか》に埋《う》めた。
三つの花《か》びんと、校歌《こうか》がヒント。
見《み》ているだけじゃ、わからないよ。
チャンスはたったの一回《かい》きり。
一から最後《さいご》は六十六。
開《ひら》いてかぞえて見《み》つけてごらん。

桜小《さくらしょう》　パズルクラブ

へ？　と、わたしは目《め》をぱちぱちさせた。

問題《もんだい》？　ヒント？　……宝《たから》？

「あああああきちゃんっ、これ、宝《たから》の場所《ばしょ》のヒントだよ！　すごいの見《み》つけちゃったよ！　宝《たから》ってなにかな。金《きん》のスパナとか銀《ぎん》のレンチだったらどうしよう！」

うわぁ～っ！　と盛《も》りあがっていたら、あきちゃんが紙《かみ》のはしっこを指《ゆび》さした。

「これを書《か》いたの、ただのクラブよ。そんなもの、出《で》てくるわけないじゃないの。」

はた、と我《われ》にかえって、あきちゃんが示《しめ》した場所《ばしょ》を読《よ》んでみた。

「桜小《さくらしょう》パズルクラブ？　……この学校《がっこう》に、そんなクラブあったっけ？」

たくさんあるから、わたしも全部《ぜんぶ》のクラブを覚《おぼ》えているわけじゃないけれど……でも、聞《き》いた覚《おぼ》えもまったくない、っていうのは、ちょっとヘン。

あきちゃんは、ポケットからすばやくえんま帳《ちょう》を出《だ》した。

「ないわね。少《すく》なくとも、ここ十年《ねん》は、そんなクラブは存在《そんざい》していないわ。」

「じゃあ、これはなに?」

さあ? と、あきちゃんは首《くび》をすくめる。

「まーくん、これ、なんだと思《おも》う?」

ぱっ、と後《うし》ろをふりかえる。でも、まーくんは、わたしに呼《よ》ばれたのに気《き》づいていないみたい。珍《めずら》しくまじめな顔《かお》で、紙《かみ》が入《はい》っていたビニール袋《ぶくろ》を見《み》ている。

そういえば、さっきから妙《みょう》に静《しず》かだけど……もしかして、ずっとそれを見《み》ていたの?

「おーい。まーくんってば!」

「ん? どうかした?」

まーくんは、顔《かお》をあげてにっこり笑《わら》った。どうかした? って、むしろそれ、こっちのセリフだよ。

「なにしてるの?」

「んー……ちょっと、きれいだなぁ、と思《おも》ってねぇ。」

わたしは、まーくんの手元《てもと》をのぞき込《こ》んだ。あるのはやっぱり、ビニール袋《ぶくろ》だけ。

「ビニール袋《ぶくろ》が、きれい?」

「うん。あと、このセロハンテープも美《うつく》しいよねぇ。」

きょとんとしたわたしの横《よこ》で、あきちゃんが顔《かお》をしかめた。

「ボケるのは、結子《ゆいこ》ひとりで十分《じゅうぶん》よ。」

えぇっ！　それってどういう意味《いみ》？　って問《と》いただそうと思《おも》ったけれど、そのあと、あきちゃんが言《い》った一言《ひとこと》で、不満《ふまん》なんてどこかに飛《と》んでいった。

「それで、これどうするの？　調《しら》べる？　それとも無視《むし》する？」

「調《しら》べる！」

わたしとまーくんの声《こえ》が、きれいに重《かさ》なった。

——調《しら》べる！　と言《い》ったのはいいけれど、これだけ見《み》ても、わたしには、なにがなんだかさっぱりわからない。

「これは、わかるところから調《しら》べていったほうがよさそうだねぇ。」という、まーくんの意見《いけん》を採用《さいよう》して、とりあえず、あきちゃんとまーくんが紙《かみ》に校歌《こうか》を書《か》いていく。

そのあいだに、わたしは急《いそ》いで花《か》びんの修理《しゅうり》。

予想《よそう》どおり、接着剤《せっちゃくざい》をぬって、ぎゅっとはり合《あ》わせてしまうと、傷跡《きずあと》はほとんどわからなくなった。最後《さいご》に、完全《かんぜん》に接着剤《せっちゃくざい》が乾《かわ》くまでのあいだにカッパがずれないよう、上《うえ》からテープで固定《こてい》したら、終了《しゅうりょう》だ。

「できた！」

そう言《い》ったら、まーくんも顔《かお》をあげた。

「こっちもちょうど、書《か》き終《お》わったよ。」

そっと、花《か》びんをテーブルからおろすと、代《か》わりにあきちゃんが、あいたテーブルの上《うえ》に、紙《かみ》を三枚並《まいなら》べていく。

「右《みぎ》から、一番《ばん》、二番《ばん》、三番《ばん》ね。」

わたしたちは、顔《かお》を寄《よ》せ合《あ》うようにして、紙《かみ》を見《み》た。

「この中《なか》に、ヒントがあるんだよね？」

「の、はずだけどねぇ。」

ヒント、ヒント……、と口《くち》にしながら、校歌《こうか》を順番《じゅんばん》に読《よ》んでいく。でも、なにもヒントっぽい単語《たんご》なんてないし、引《ひ》っかかるところだってない。そりゃあそうだよね。わたしたち、一年生《ねんせい》のときから、もう何十回《なんじっかい》も、この校歌《こうか》を見《み》て歌《うた》ってるもん。

「でも、校歌《こうか》以外《いがい》でほかにわかりそうなことって、ないよね。」

ほかにヒントがありそうなものといえば、この花《か》びんくらいだけれど。……修理《しゅうり》するついでに調《しら》べてみたけれど、底《そこ》の文字《もじ》と石膏《せっこう》以外《いがい》は、どこにも気《き》になるところはなかったし。

そのとき、「あっ！」と、まーくんが声《こえ》をあげた。

「なになに？　なにかわかったの？」

勢《いきお》いよく顔《かお》をあげると、まーくんはヒントの後半《こうはん》を指《ゆび》さした。

「この『一から最後《さいご》は六十六』っていうところ。校歌《こうか》の一番《ばん》、ひらがなに直《なお》したら、きっちり六十六文字《もじ》だね。」

わたしも、急《いそ》いで校歌《こうか》の文字《もじ》をかぞえてみる。一、二……六十五、六十六。

ほんとだ。たしかに六十六文字《もじ》！

「でも、勝手《かって》に漢字《かんじ》をひらがなにしちゃっていいの？　それって、反則《はんそく》なんじゃ……？」

そうしたら、あきちゃんが言《い》った。

「大丈夫《だいじょうぶ》よ。『開《ひら》く』って、漢字《かんじ》をひらがなにする、という意味《いみ》で使《つか》われることもあるから。むしろ、ひらがなでかぞえるのが正解《せいかい》だと思《おも》うわよ。」

へえー。そうなんだ！　さすが、国語《こくご》が得意《とくい》なあきちゃんだよ。

「二番《ばん》は六十八文字《もじ》だし、三番《ばん》は六十五文字《もじ》だし、これは、本当《ほんとう》に当《あ》たりかもしれないわね。真幸《まさき》もたまには役《やく》に立《た》つわね。」

「いやぁ〜いつも役《やく》に立《た》つなんて、面《めん》と向《む》かって言《い》われると照《て》れるねえ。」

とたんに、あきちゃんのまわりの温度《おんど》が、一気《いっき》に十度《ど》くらいさがった。

あはは、と、まーくんは顔《かお》を引《ひ》きつらせて、そそっとわたしの後《うし》ろにかくれる。ほんと、あいかわらず一言多《ひとことおお》いんだから。

あきちゃんは、ため息《いき》を一つついて、テーブルの上《うえ》から校歌《こうか》の二番《ばん》と三番《ばん》の紙《かみ》をおろす。そうして、残《のこ》った一番《ばん》の校歌《こうか》を、ひらがなで書《か》き直《なお》した。

みどりめぶく　さくらのやまに
きぼうにみちた　あさがくる

つよいちから　ともにはぐくむ
じしゅそうぞうの　いずみとならん
われらのまなびや　ここにあり

ぞくりと、鳥肌《とりはだ》がたった。これが解《と》ければ、宝《たから》の場所《ばしょ》がわかるんだ！

わたしは、そっとあきちゃんとまーくんをふりかえった。

「ねえ、なにかわかった？」

「さあ。」と、あきちゃんは首《くび》をすくめる。

「なんだろうねえ？」と、まーくんはにっこり。

「そういう結子《ゆいこ》は、どうなの？」

逆《ぎゃく》に聞《き》きかえされて、わたしは首《くび》をかしげた。漢字《かんじ》をひらがなにして、気《き》がついたことといえば……なんだかちょっと、読《よ》みにくくなったことくらい？

「うーん……。」

ふたたび、うなってしまったわたしたちの背後《はいご》で、クラブ活動終了《かつどうしゅうりょう》のチャイムが鳴《な》った。

次《つぎ》の日《ひ》。

謎《なぞ》が解《と》けないまま、わたしたちは、並《なら》んで校庭《こうてい》の芝生《しばふ》の上《うえ》に座《すわ》っていた。

黙々《もくもく》と桜《さくら》の木《き》を写生《しゃせい》しながら、わたしは「はー。」とため息《いき》をついた。

背後《はいご》からは、低学年《ていがくねん》の子《こ》たちがさわぐ声《こえ》が聞《き》こえてくる。ふりかえると、さくら森《もり》の木々《きぎ》のあいだに、小《ちい》さな背中《せなか》がいくつも見《み》えた。

ちなみに、さくら森《もり》というのは、桜《さくら》の山学園《やまがくえん》の北西《ほくせい》にある自然観察《しぜんかんさつ》の森《もり》だ。

たかが学校《がっこう》の施設《しせつ》、といっても、体育館《たいいくかん》が二つ、まるっと入《はい》っちゃうさくら森《もり》は、かなり本格的《ほんかくてき》な「森《もり》」。春《はる》にはお花見《はなみ》ができるし、夏《なつ》には木陰《こかげ》でお昼寝《ひるね》、秋《あき》になればドングリ拾《ひろ》いや紅葉狩《もみじが》りだってできる。

低学年《ていがくねん》の頃《ころ》は、よくここでかくれんぼや鬼《おに》ごっこをしていたっけ。

その森《もり》の手前《てまえ》には、同《おな》じく、自然観察《しぜんかんさつ》のための池《いけ》「ぼたん池《いけ》」がある。

直径《ちょっけい》八メートルくらいのまんまるの池《いけ》の中央《ちゅうおう》には、だ円形《えんけい》の島《しま》が二つ並《なら》んでいて、その名《な》のとおり、上《うえ》から見《み》ると完全《かんぜん》にボタンの形《かたち》。

池《いけ》には魚《さかな》やザリガニ、そのほか水中生物《すいちゅうせいぶつ》がたくさんいて、中央《ちゅうおう》の島《しま》では、いつもカメがのんびり日光浴《にっこうよく》をしている。

低学年《ていがくねん》の子《こ》たちがやっているのは、たぶん生活《せいかつ》の「生《い》き物探《ものさが》し」の授業《じゅぎょう》だと思《おも》う。その証拠《しょうこ》に、「先生《せんせい》、見《み》つけたよー！」って声《こえ》が、あっちこっちから聞《き》こえてくる。

「あー、わたしも宝物《たからもの》、見《み》つけたいよー！」

わたしは画板《がばん》をおなかの上《うえ》にのせて、ごろんとあお向《む》けに寝《ね》そべった。昨日《きのう》までの雨《あめ》でぬれないように、念《ねん》のためにしいているビニールシートが、背中《せなか》でバリバリ音《おと》をたてる。

久《ひさ》しぶりに見《み》た青空《あおぞら》なのに、あんまり気持《きも》ちがいいと思《おも》えないのは、頭《あたま》の中《なか》で、昨日《きのう》の謎《なぞ》がぐるぐるしているから。

一晩《ひとばん》、校歌《こうか》を見《み》ながら考《かんが》えたけれど、結局《けっきょく》わたしには、なにもわからなかった。

「そうそう。パズルクラブについて調《しら》べてみたわよ。」

木《こ》の葉《は》を描《か》き込《こ》んでいたあきちゃんは、手《て》を止《と》めて、ポケットからえんま帳《ちょう》を出《だ》した。

わたしは、勢《いきお》いをつけて体《からだ》を起《お》こした。一足先《ひとあしさき》に、絵《え》の具《ぐ》で色《いろ》をぬっていたまーくんも、絵筆《えふで》を置《お》いてあきちゃんをふりかえる。

「桜小《さくらしょう》パズルクラブ。今《いま》から二十年前《ねんまえ》に作《つく》られたクラブだったわ。」

「えっ！　じゃあ、パズルクラブって、本当《ほんとう》にあったんだ。」

ええ、とあきちゃんはうなずいて、続《つづ》けた。

「自分《じぶん》たちでパズルを作《つく》って、それを解《と》き合《あ》ったりしていたようね。モットーは『パズルは楽《たの》しく解《と》く。』だったらしいわ。

ただ、あまり人気《にんき》のあるクラブではなかったみたいね。部員《ぶいん》は最盛期《さいせいき》で四人《にん》。クラブ結《けっ》成《せい》から五年後《ねんご》……今《いま》から十五年前《ねんまえ》、廃部《はいぶ》になったそうよ。部員《ぶいん》一名《めい》を残《のこ》して。」

「え？」

わたしとまーくんは、同時《どうじ》に眉《まゆ》をひそめた。

桜小《さくらしょう》にはたくさんクラブがある。もちろん、新《あたら》しくできるクラブもあるけれど、その代《か》わり、数年《すうねん》に一度《いちど》は、なにかのクラブが消《き》えていく。

それじたいは、べつに珍《めずら》しいことじゃない。でも、部員《ぶいん》がいる状態《じょうたい》で、廃部《はいぶ》？

「ぜったいない――とは言《い》えないけれど、珍《めずら》しいねぇ。」

うん、とわたしはうなずいた。

廃部《はいぶ》になる条件《じょうけん》は、いくつかある。

一つ目《め》は、クラブの顧問《こもん》がいなくなったとき。でも、顧問《こもん》をしている先生《せんせい》が転任《てんにん》や退職《たいしょく》する場合《ばあい》、ちゃんとべつの先生《せんせい》に引《ひ》きついでいくから、これは例《れい》がないんだって、前《まえ》にあきちゃんが言《い》っていた。

二つ目《め》は、部員《ぶいん》がゼロになったとき。たくさんのクラブがあるけれど、生徒《せいと》の数《かず》はかぎられているから、この学校《がっこう》でクラブがなくなる理由《りゆう》は、たいていこれ。

それ以外《いがい》に、部員《ぶいん》はいるけれど、まったく活動《かつどう》をしていない場合《ばあい》は「お取《と》りつぶし」っていうのもあるらしいけれど、ちゃんと活動《かつどう》ができていないクラブは、そうなる前《まえ》に部員《ぶいん》不足《ぶそく》でなくなっちゃうのがふつう。

「ちなみに、パズルクラブは顧問《こもん》がいなくなったわけじゃないみたいよ。」

わたしの心《こころ》の中《なか》を読《よ》み取《と》ったみたいに、あきちゃんは言《い》った。

「じゃあ、どうして？」

部員《ぶいん》がひとりだけだと、活動《かつどう》するのはちょっとさみしいけれど……とにかくゼロにならないかぎりは、クラブとして認《みと》めてもらえる。今《いま》だって、部員《ぶいん》一名《めい》のクラブは、たしか二つか三つあったはずだ。

「それが、わからないのよね。廃部直前《はいぶちょくぜん》のメンバーが、六年生《ねんせい》三人《にん》と、四年生《ねんせい》ひとりだったことだけ。いちおう、六年生《ねんせい》メンバーの名前《なまえ》は調《しら》べられたんだけど……四年生《ねんせい》の部員《ぶいん》については、名前《なまえ》も出《で》てこないのよね。」

わたしは、まーくんと顔《かお》を見合《みあ》わせた。

宝《たから》のヒントも謎《なぞ》だらけなのに、クラブじたいも謎《なぞ》だらけなんて……。

「こーら。三人《にん》とも、手《て》が止《と》まってるわよ。」

ふいに後《うし》ろから声《こえ》がして、わたしは「ひゃあっ！」と悲鳴《ひめい》をあげた。

「ゆっちゃん、驚《おどろ》きすぎ。ぴよちゃんだよ。」

まーくんは、そう言《い》ってくすくす笑《わら》う。

なーんだ、ぴよちゃんか。はぁ〜……と息《いき》をはくと、ぴよちゃんは苦笑《くしょう》した。

「おしゃべりしないで！　とは言《い》わないけれど、ちゃんと手《て》も動《うご》かしてね。今《いま》は図工《ずこう》の時間《じかん》なんだから。……あら！」

わたしたちを順番《じゅんばん》に見《み》ていたぴよちゃんの目《め》が、あきちゃんでぴたりととまった。

「内田《うちだ》さん、すごく上手《じょうず》ね！」

子《こ》どもみたいに、きらきら目《め》を輝《かがや》かせるぴよちゃんに、クールなあきちゃんは、「どうも。」と軽《かる》く頭《あたま》をさげただけ。とくにうれしくもなんともなさそう。わたしやまーくんなら、名指《なざ》しで褒《ほ》められたら、きっと大喜《おおよろこ》びで調子《ちょうし》にのっちゃうのに。

でも、残念《ざんねん》ながら、ぴよちゃんはわたしたちには「うん、がんばって！」と応援《おうえん》してくれただけだった。……うん、わかってたけどね。

「あっ、そうだ。ぴよちゃん！」

「ん？　なあに？」

ぴよちゃんは、ちょっと首《くび》をかしげて、わたしのそばにしゃがみ込《こ》んだ。

「教室《きょうしつ》にね、ひょうたんの形《かたち》の花《か》びんが置《お》いてあるでしょ。あれ、どうしたの？」

ああ、あれね、とぴよちゃんはほほえむ。

その顔《かお》だと、昨日《きのう》、あの花《か》びんになにが起《お》こったかなんて、まったく気《き》づいていなさそう。昨日《きのう》のうちに修理《しゅうり》して、きちんと教室《きょうしつ》に戻《もど》しておいて、本当《ほんとう》によかった。

「旧校舎《きゅうこうしゃ》で見《み》つけたのよ。ちょっとかわいいでしょ。もう、ずっと使《つか》われてなかったみたいだし、持《も》ってきてもいいかな、と思《おも》って。」

そう言《い》って、いたずらがバレた子《こ》どもみたいに、ちょこっと首《くび》をすくめた。

「あれと似《に》たような花《か》びんって、ほかに置《お》いてなかった？」

「似《に》たような花《か》びん？」

しばらく考《かん》えて、ぴよちゃんは首《くび》をふった。

「ううん、そこには置《お》いていなかったわ。あの部屋《へや》にはたくさん荷物《にもつ》があったけれど、花《か》びんはこれ一つしかなかったもの。」

うーん、ハズレか。もしかしたら、あの紙《かみ》に書《か》いてあった「三つの花《か》びん」が一緒《いっしょ》に置《お》いてあったんじゃないかと思《おも》ったけれど……やっぱり、そんなに甘《あま》くないよね。

しょんぼりしながらだまってしまったわたしの代《か》わりに、まーくんが言《い》った。

「じゃあ、あの花《か》びんの中《なか》は、のぞいたことある？」

「花《か》びんの中《なか》？　……いいえ。とくに気《き》にしたことはなかったけれど。なにかあったの？」

不思議《ふしぎ》そうな顔《かお》をしたぴよちゃんに、まーくんは、いつもどおり笑顔《えがお》で、首《くび》を横《よこ》にふった。

「とくに、なにもないんだけどね。ちょっと気《き》になっただけなんだ。」

……あれ？　どうして今《いま》、まーくんはウソをついたんだろう。「とくに、なにもない。」なんて。中《なか》にはヒントの紙《かみ》が、入《はい》っていたのに。

あわててまーくんを見《み》ると、視線《しせん》に気《き》づいたのか、まーくんもこっちを見《み》た。

まーくんは、ぴよちゃんに気《き》づかれないように、くちびるに人《ひと》さし指《ゆび》を当《あ》てる。

え？　……ナイショ？

わたしとまーくんのやりとりには、ぴよちゃんはまったく気《き》がつかなかったみたい。

ぴよちゃんは、きょとんとしたあと、もう！　とちょっとだけほおをふくらませた。

「なにか、おもしろいものでも見《み》つけたのかと思《おも》っちゃったじゃないの。」

「あはは、ごめんなさい。」

ぴよちゃんは、腰《こし》に手《て》を当《あ》てて、いつもよりちょっぴり低《ひく》めの声《こえ》で言《い》った。

「ほら！　もうおしゃべりはおしまい。ちゃんと絵《え》を描《か》く！」

はあい！　と、わたしたちは、元気《げんき》に声《こえ》をそろえた。

3 二つ目《め》のヒント

一日《いちにち》の授業《じゅぎょう》が終《お》わって、放課後《ほうかご》がやってきた。

いつもどおり、用務員室《ようむいんしつ》へなだれ込《こ》んだわたしたちは、テーブルを囲《かこ》んで座《すわ》ると、改《あらた》めて、校歌《こうか》の紙《かみ》を広《ひろ》げた。

「はい、これ、昨日《きのう》の写真《しゃしん》ね。」

あきちゃんが、ランドセルの中《なか》から、数枚《すうまい》の写真《しゃしん》を出《だ》して、テーブルの上《うえ》にのせる。

写真《しゃしん》に写《うつ》っているのは、昨日《きのう》の花《か》びんだ。修理《しゅうり》が終《お》わった花《か》びんは、もう教室《きょうしつ》に戻《もど》してしまった。そう何度《なんど》も持《も》ってくるわけにもいかないから、とりあえず、全体《ぜんたい》と内側《うちがわ》、それに底面《ていめん》がきちんとわかるように、昨日《きのう》のうちに、あきちゃんがこっそりケータイで写真《しゃしん》を撮《と》って、プリントアウトしてくれたんだ。

「そういえばさ、まーくん、今日《きょう》の図工《ずこう》の時間《じかん》、どうしてぴよちゃんにウソついたの？」

写真《しゃしん》を広《ひろ》げながら、ふと思《おも》い出《だ》して聞《き》いてみる。まーくんは、わたしの手伝《てつだ》いをしながら、昨日《きのう》のヒントの紙《かみ》を、トントン、と指先《ゆびさき》でつついた。

「これには『未来《みらい》の桜小《さくらしょう》の生徒《せいと》へ』って書《か》いているしねぇ。やっぱりここは、ぼくらだけで解決《かいけつ》したくない？」

あっ！　とわたしは小《ちい》さく声《こえ》をあげた。

「そっか……！」

このヒントも、パズルクラブのことも、まだよくわからない。けれど、少《すく》なくとも、このヒントを作《つく》ったパズルクラブのメンバーは、未来《みらい》の桜小《さくらしょう》の生徒《せいと》に、この謎《なぞ》を解《と》いてほしいと思《おも》っているんだ。

忘《わす》れていたとはいえ、パズルクラブのメンバーの気持《きも》ちを、うっかり踏《ふ》みにじっちゃうところだった。

「危《あぶ》なかった……わたし、うっかり言《い》っちゃうところだったよ。」

ふう、とため息《いき》をついて――わたしはふと、ドアを見《み》た。ごつ、とドアになにかが当《あ》たるような音《おと》が聞《き》こえた気《き》がしたんだ。

今《いま》、音《おと》したよね？　と二人《ふたり》に聞《き》こうとしたら、その前《まえ》に、今度《こんど》はしっかり二回《かい》、ノックが聞《き》こえた。

「開《あ》いてますよ。」

くまさんがいないから、今日《きょう》はまーくんが返事《へんじ》をする。

「よっ。昨日《きのう》ぶり。」

「祐《ゆう》にい！」

わたしは、ぱっと立《た》ちあがった。

「今日《きょう》も元気《げんき》だな。……ん？　なにか依頼《いらい》、来《き》たのか？」

テーブルの上《うえ》をのぞいた祐《ゆう》にいに、わたしは首《くび》をふる。

「ううん。これは、依頼《いらい》じゃないよ。わたしたちが勝手《かって》にやってるだけ。」

「なんて言《い》ったって、ぼくら、ヒマだしねぇ。」

その一言《ひとこと》で、かくん、と力《ちから》が抜《ぬ》けた。もう、まーくん！　そんなよけいなこと言《い》わないでいいよ！

「それなら、ちょうどよかった。」

祐《ゆう》にいは、持《も》っていた小《こ》ぶりの段《だん》ボール箱《ばこ》を、畳《たたみ》の上《うえ》に置《お》いた。

「なんでも修理《しゅうり》クラブに、修理《しゅうり》の依頼《いらい》をしたいんだ。」

「えっ、依頼《いらい》してくれるの！」

祐《ゆう》にい、昨日《きのう》の約束《やくそく》、ちゃんと覚《おぼ》えててくれたんだ。

わたしたちが祐《ゆう》にいのそばに集《あつ》まると、祐《ゆう》にいは段《だん》ボール箱《ばこ》を開《あ》けた。

「……わーお。」

中《なか》をのぞき込《こ》んで、思《おも》わずわたしは目《め》をぱちくりさせた。

入《はい》っていたのは、陶器《とうき》のかけらだった。でも、バラバラすぎて、元《もと》がどんな形《かたち》だったかはもちろん、カップなのかお皿《さら》なのか、それとも壺《つぼ》だったのか、全然《ぜんぜん》わからない。

「部室《ぶしつ》に置《お》いてあったものなんだけどな。……これの上《うえ》に、部員《ぶいん》がうっかり、防具《ぼうぐ》を落《お》としてしまったらしい。」

「防具《ぼうぐ》？」

「そう。剣道《けんどう》の面《めん》——頭《あたま》につけるやつ、って言《い》ったらわかるか？」

面《めん》って、顔《かお》の部分《ぶぶん》がオリみたいになってるものだよね。けっこう重《おも》そうだし、それが当《あ》たったのなら、これだけバラバラになっちゃったのも、わかる気《き》がする。

「それで、これ、元《もと》はなんだったの？」

まーくんが言《い》うと、祐《ゆう》にいは、がしがしと頭《あたま》をかいた。

「それが、わからないんだ。」

きょとんとする、わたしとまーくん。

「……なにそれ。部室《ぶしつ》にあったんでしょう。なんでわからないのよ。」

「おっ、初《はじ》めてしゃべったと思《おも》ったら、うわさどおりの反応《はんのう》だな。」

楽《たの》しそうな顔《かお》をされて、あきちゃんは祐《ゆう》にいをにらみつける。

でも、祐《ゆう》にいは怒《おこ》るどころか、おもしろがっているみたい。くまさんならこういうとき、捕《つか》まえた鮭《さけ》がいつの間《ま》にか手《て》から消《き》えていたクマみたいに、挙動不審《きょどうふしん》になるのに。

「まあ、聞《き》けよ。部室《ぶしつ》の隅《すみ》に、タオルをかけて放置《ほうち》されてたんだ。いつからそこにあったのかもわからないし、だいたい、俺《おれ》らはふだんからよくタオルを使《つか》うから、そのあたりにタオルの一枚《まい》や二枚《まい》が置《お》いてあっても、気《き》にしない。だから、誰《だれ》も気《き》にかけなかったんだろうな。俺《おれ》も、こんなものがあったなんて、全然知《ぜんぜんし》らなかった。

で、昨日《きのう》後輩《こうはい》が、片付《かたづ》けのときにうっかり面《めん》をその上《うえ》に落《お》とした。すごい音《おと》がしたから、あわててタオルをどけてみたら、こんなことになってたんだよな。」

「じゃあ、これがどんな形《かたち》なのかも、まったくわからないんだね。」

ああ、悪《わる》いな、と祐《ゆう》にいは苦笑《くしょう》する。

「ていねいに集《あつ》めたから、全部《ぜんぶ》拾《ひろ》えたと思《おも》うけど……そんなわけだから、無理《むり》はしなくていいからな。」

そう言《い》う祐《ゆう》にいの顔《かお》は、少《すこ》し心配《しんぱい》そう。たぶん、祐《ゆう》にいは内心《ないしん》「これは直《なお》すのは無理《むり》かもしれない。」と感《かん》じているんだと思《おも》う。

まあ……このかけらの山《やま》を見《み》たら、そうなるよね、ふつう。

「うん。大丈夫《だいじょうぶ》。がんばってみるから！　ありがとう、祐《ゆう》にい！」

むしろ、これだけバラバラだと、逆《ぎゃく》に「やってやる！」って気《き》になってくる。

まーくんとあきちゃんも同《おな》じ気持《きも》ちみたい。趣味《しゅみ》も特技《とくぎ》も全然《ぜんぜん》違《ちが》うけれど、こういうところだけは、わたしたちはそっくりなんだ。

「じゃあ、よろしくな。」

祐《ゆう》にいが用務員室《ようむいんしつ》を出《で》るのを見送《みおく》ってから、わたしたちはすばやく動《うご》きだした。まーくんが、さっ、と立《た》ちあがって、古新聞《ふるしんぶん》を畳《たたみ》の上《うえ》にしく。あきちゃんも、テーブルの上《うえ》に広《ひろ》げたヒントの紙《かみ》を回収《かいしゅう》し直《なお》して、そこに段《だん》ボール箱《ばこ》を移動《いどう》させた。

わたしは、押《お》し入《い》れから三人《にん》ぶんの軍手《ぐんて》を出《だ》してから、服《ふく》のそでをまくった。

宝探《たからさが》しは、しばらくおあずけ。せっかく、祐《ゆう》にいが依頼《いらい》してくれたんだもん。ぜったいきれいに直《なお》してみせるんだ!

古新聞《ふるしんぶん》の上《うえ》に広《ひろ》げたかけらを、わたしたちはひたすらつなぎ合《あ》わせていった。ところどころに黄色《きいろ》と緑《みどり》が混《ま》ざっているだけで、あとは全部《ぜんぶ》真《ま》っ白《しろ》のかけらを組《く》み立《た》てるのは、まるで絵《え》の描《か》いていない千ピースのパズルをやっているみたいな感覚《かんかく》。

でも、こういうときに役《やく》に立《た》つのが、まーくんなんだ。

パズルが得意《とくい》なまーくんは、これだけバラバラなかけらでも、断面《だんめん》と形《かたち》を見《み》て、簡単《かんたん》にとなりのパーツを見《み》つけてしまう。ひとりで六人分《にんぶん》くらい働《はたら》いてるんじゃないかな。

おかげで、陶器《とうき》はすいすい組《く》みあがっていく。それがうれしくて楽《たの》しくて、わいわいしゃべりながらやっていたわたしたちだったけれど……。

「あっ！」

突然《とつぜん》、まーくんは小《ちい》さく声《こえ》をあげた。

「どうかした？」

わたしとあきちゃんが、ちょこっと顔《かお》をあげる。まーくんは、ひどくこわばった顔《かお》で、新聞紙《しんぶんし》の上《うえ》のかけらを一つ、持《も》ちあげた。

わたしは、目《め》を見開《みひら》いた。どくんと胸《むね》が高鳴《たかな》る。

「……うそでしょ。」

あきちゃんも、かたい声《こえ》でつぶやいた。

まーくんがどけた、かけらの下《した》――そこに、陶器《とうき》の小《ちい》さなカッパが、ぽつんといた。

「ねえ……なんで、このカッパがここにいるの？」

けれど、二人《ふたり》は、返事《へんじ》をしてくれなかった。

「とりあえず、もう少《すこ》し組《く》み立《た》てよう。話《はなし》はそれからだ。」

まーくんに言《い》われて、わたしたちはまた、作業《さぎょう》に戻《もど》った。

誰《だれ》もしゃべらないまま、一時間《じかん》がたち、一時間半《じかんはん》が過《す》ぎる。

わたしの中《なか》にぷかりと浮《う》かんでいた「まさか」は、やがて「やっぱり」に変《か》わった。

「……これ、どういうことよ。」

はじめに口《くち》に出《だ》したのは、あきちゃんだった。でも、やっぱり誰《だれ》も、返事《へんじ》をしなかった。

だってそんなの、わたしのほうが聞《き》きたいよ。

まだ、完全《かんぜん》に組《く》み立《た》て終《お》わったわけじゃない。けれど、上半分《うえはんぶん》がほぼ完全《かんぜん》に元《もと》の形《かたち》に戻《もど》ったから、もうわかる。

ひょうたん形《がた》で、下《した》のふくらんだ部分《ぶぶん》には、黄色《きいろ》と緑《みどり》の波線《はせん》が入《はい》っている。そうして、口《くち》のところには、小《ちい》さなカッパ……。

間違《まちが》いない。

わたしたちの教室《きょうしつ》に置《お》いてあった——パズルクラブが残《のこ》した、あの花《か》びんだった。

ともかく、依頼《いらい》は依頼《いらい》だから、わたしたちはそのまま、修理《しゅうり》を続《つづ》けることにした。

そうして、さらに三十分近《ぷんちか》くがたったとき、

「あれ？」

まーくんが、ふたたび声《こえ》をあげた。

「これ、なんだろうねえ。」

今度《こんど》はなに？と身《み》がまえたわたしたちに、まーくんはまたなにかをさし出《だ》した。

手《て》にのっていたのは、切手《きって》サイズの紙《かみ》だった。図工《ずこう》の時間《じかん》に、いつも使《つか》っている画用紙《がようし》かな。ラミネート加工《かこう》っていうんだっけ？水《みず》や汚《よご》れから紙《かみ》を守《まも》るためか、薄《うす》いフィルムみたいなものでぴっちりはさんである。

その小《ちい》さなカードは、粉砂糖《こなざとう》をまぶしたみたいに、全体《ぜんたい》がうっすら白《しろ》くなっていて、全《ぜん》体《たい》の三分《ぶん》の二くらいには、白《しろ》い石膏《せっこう》みたいなものが、ぴったりとこびりついている。

「明《あき》らかに、この花《か》びんの材質《ざいしつ》とは違《ちが》うんだけど。」

たしかに。かけらを集《あつ》めるときに、違《ちが》うのも混《ま》ざっちゃったのかな？

「でも、この石膏《せっこう》みたいなの、教室《きょうしつ》にあったあの花《か》びんの底《そこ》についていたのと一緒《いっしょ》よね。」

あきちゃんは、写真《しゃしん》の花《か》びんの底面《ていめん》と、カードについていた石膏《せっこう》を見比《みくら》べる。

「……ねえ。ここに、なにか書《か》いていない？」

言《い》われて、わたしはあきちゃんからカードを受《う》け取《と》った。石膏《せっこう》でほとんどかくれてしまっているけれど、たしかに、カードのはしに黒《くろ》いものが見《み》えている。

二人《ふたり》に許可《きょか》を取《と》ってから、そっと、石膏《せっこう》をけずり落《お》としてみた。ぱらぱらと石膏《せっこう》がくずれ落《お》ちていくのとともに、かくれていたものが出《で》てくる。

「……2？」

また、文字《もじ》だ。今度《こんど》は数字《すうじ》だけれど、やっぱり中央《ちゅうおう》に一文字《ひともじ》だけ。

「どっ、どうしよう！　またヒント見《み》つけちゃったよ！」

あわあわと両手《りょうて》をふりまわして大興奮《だいこうふん》のわたしをよそに、カードを見《み》おろしたまま、まーくんたちは微妙《びみょう》な顔《かお》をしている。

「……どうしたの？　うれしくないの？」

「このタイミングで、二つ目《め》の花《か》びんが出《で》てくるって、なんだかうまくいきすぎているような気《き》がしてねぇ。」

「むしろ、逆《ぎゃく》にうさんくさいわ。」

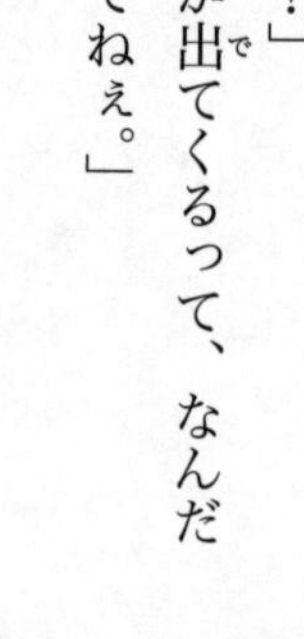

うっ……たしかに、びっくりするくらい、いいタイミングだなー、とは思《おも》うけど。

「でもまあ、探《さが》す手間《てま》が省《はぶ》けたと思《おも》えば、ラッキーだよねぇ。」

とりなすように、まーくんはにっこり笑《わら》う。

そう？　と、あきちゃんはまだうさんくさげだったけれど、ひとまずそれで納得《なっとく》したみたい。それ以上《いじょう》なにも言《い》わずに、だまってカードを調《しら》べはじめた。

わたしとまーくんも、カードをのぞき込《こ》む。

そうしていたら、用務員室《ようむいんしつ》のドアが、かちゃりと小《ちい》さな音《おと》をたてた。くまさんだ。

「……ん？　今日《きょう》もまた、花《か》びん修理《しゅうり》か。もしかしておまえら、また割《わ》ったのか？」

「まさか。これ、祐《ゆう》にいが持《も》ってきたんだよ。」

「祐介《ゆうすけ》が？　なんでまた、あいつがこんなもの持《も》ってきたんだ？」

不思議《ふしぎ》そうなくまさんに、あきちゃんは言《い》った。

「部室《ぶしつ》にあったそうよ。それよりもくまさん、ケータイ持《も》ってるわよね。」

「そりゃあ持《も》ってるが、それがどうかしたか？」

「祐《ゆう》にいは？」

「いちおう持《も》たせてるが……？」

あきちゃんは立《た》ちあがると、フローリングを突《つ》っ切《き》って、くまさんの前《まえ》に立《た》った。

「じゃあ、電話《でんわ》して。」

「……は？」

ぽかんとするくまさん。わけがわからない！って、その顔《かお》にでっかく書《か》いてある。

あきちゃんは、じれったそうに言《い》った。

「わたしたち、祐《ゆう》にいの連絡先《れんらくさき》、知《し》らないのよ。今《いま》から中学校《ちゅうがっこう》の体育館《たいいくかん》に行《い》っていたら、クラブの時間《じかん》が終《お》わってしまうでしょう。だから電話《でんわ》しなさい。」

ああ、そういうことか！と、わたしとくまさんが同時《どうじ》につぶやいた。

「だがな、あいつは今《いま》、部活中《ぶかつちゅう》だろう。出《で》ないと思《おも》うぞ。ついでに、中学《ちゅうがく》まではいちおう、校内《こうない》でケータイの使用《しよう》は禁止《きんし》なんだぞ。だからよけいに出《で》ないと思《おも》うぞ。」

ぐだぐだ言《い》いながらも、くまさんはポケットからケータイを出《だ》した。

それを見《み》た瞬間《しゅんかん》、わたしたちは爆笑《ばくしょう》した。

「……？　なにがおかしいんだ？」

二《ふた》つ折《お》りのケータイをぱかんと開《あ》けて、くまさんは顔《かお》をしかめる。

「そっ、そのシール……！」

ああ、やばいよ。笑《わら》いすぎて、苦《くる》しくなってきた。

だって、だって……！　ケータイじたいは、メタリックブラックの、かっこいい機種《きしゅ》なのに。クマが、川《かわ》で鮭《さけ》をパーンッ！　って手《て》ではたいて取《と》っているリアルな絵《え》と、その下《した》に相撲《すもう》の番付《ばんづけ》に使《つか》ってそうな字《じ》で「俺《おれ》、くまさん」ってシールがはってあるんだもん！

くまさんは、ケータイの表《おもて》をちらりと見《み》て、

「ああ、これか。」と、げんなりしながらつぶやいた。

「祐介《ゆうすけ》がはったんだ。俺《おれ》が自分《じぶん》ではったんじゃないぞ。」

「自己主張《じこしゅちょう》はげしいわね。」

あきちゃんも、くつくつ笑《わら》いながら言《い》った。

「落《お》としたら、すぐわかるねぇ。」

まーくんも、目《め》のはしに浮《う》かんだ涙《なみだ》をぬぐう。

「……おまえらな、あんまり言《い》うと、電話《でんわ》しないぞ。」

「ごめんなさい！」

きれいに声《こえ》を合《あ》わせたわたしたちを見《み》て、くまさんはぼやく。

「こういうときだけは、本当《ほんとう》にすなおなんだよなあ……。」

ぶつぶつ言《い》いながらも、くまさんはちゃんと、祐《ゆう》にいにかけてくれるつもりみたい。電《でん》話《わ》してやってるぞ！　と言《い》わんばかりに「祐介《ゆうすけ》」と表示《ひょうじ》された画面《がめん》をこっちに向《む》けて、通《つう》話《わ》ボタンを押《お》す。ついでに、音《おと》が聞《き》こえるように、スピーカーのボタンも。

プルルル、と呼《よ》び出《だ》し音《おん》が聞《き》こえると、わたしたちは、ぴたりと笑《わら》うのをやめた。

一回《かい》、二回《かい》、三回《かい》……静《しず》かな室内《しつない》に、呼《よ》び出《だ》し音《おん》が鳴《な》り続《つづ》ける。

くまさんが「ほら、出《で》ないだろう。」と、なぜか自慢《じまん》げに言《い》ったとたん、

『もしもし？』

「おいちょっと待《ま》て！　なんで出《で》るんだ？」

あわてたくまさんがさけぶと、祐《ゆう》にいは不満《ふまん》そうに言《い》った。

『……じゃあ、なんでかけたんだ？』

ごもっとも、と、くまさんは小声《こごえ》でつぶやく。

「でもおまえ、今《いま》、部活中《ぶかつちゅう》じゃないのか？」

『たまたま部室《ぶしつ》に荷物《にもつ》を取《と》りに来《き》たんだ。そうしたら、ケータイが鳴《な》っていたから、出《で》てみた。……で？　用事《ようじ》がないなら切《き》るぜ。』

「ああ、ちょっと待《ま》て。クラブのおチビたちが、おまえに用《よう》があるんだそうだ。ほれ。」

くまさんは、ひょい、とわたしにケータイをさし出《だ》す。

「あっ、祐《ゆう》にい？」

『ああ、おまえらか。どうかしたか？』

えーっと、どう説明《せつめい》したらいいかな。と考《かんが》えていたら、横《よこ》からあきちゃんが言《い》った。

「あずかった陶器《とうき》の割《わ》れ物《もの》の中《なか》に、変《へん》なものが混《ま》ざっていたのよ。ちょっと、今《いま》から写《しゃ》メ送《おく》るから、確認《かくにん》してくれる？」

なるほど、その手《て》があった！　と、ちょっと感心《かんしん》していたら、

『わかった。じゃあ、いったん電話《でんわ》切《き》るな。確認《かくにん》したら、こっちからかけ直《なお》す。』

と言《い》って、祐《ゆう》にいは電話《でんわ》を切《き》った。

「……というわけだから。」

あきちゃんがケータイをくまさんに返《かえ》すと、くまさんは「はいはい。」と苦笑《くしょう》しながらカードを撮《と》って、メール送信《そうしん》する。

「……で？　おまえら今回《こんかい》は、なにをやっているんだ？」

くまさんに聞《き》かれて、わたしたちは、宝《たから》のヒントをくまさんに見《み》せた。

大人《おとな》には言《い》わない約束《やくそく》だけど、くまさんはクラブの顧問《こもん》。かくしごとはしないって、クラブを作《つく》るときに決《き》めたんだ。

そのルールをちゃんと守《まも》っているのは、くまさんが、頭《あたま》ごなしに「やめろ。」とか「だめだ。」なんて言《い》うことがないから。

これでも、わたしたちはくまさんのこと、すごく信用《しんよう》しているんだよ。

説明《せつめい》を終《お》えると、くまさんは小《ちい》さい目《め》をまたたかせながら「ほ〜う。」とつぶやいた。

「おもしろいことをしているな。」

「でしょ！」

わたしたちがにっこりしたら、くまさんも、にっ、と、笑《わら》いかえした。

「まあ、がんばってみろ。」

「うん！」

そう言《い》ってくれるから、くまさんのこと好《す》きなんだよね。

やがて、祐《ゆう》にいから電話《でんわ》がかかってきた。

『写真《しゃしん》、見《み》たぞ。俺《おれ》は見覚《みおぼ》えがなかった。ほかの部員《ぶいん》にも聞《き》いてみたが、みんな知《し》らないってさ。部室《ぶしつ》も確認《かくにん》してみたけど、位置的《いちてき》に、違《ちが》うものが混《ま》ざったとは思《おも》えないな。』

わたしたちは、顔《かお》を見合《みあ》わせた。

ということは、やっぱりこのカードは、花《か》びんに仕込《しこ》まれていた、ってこと？

「そっか。ありがと、祐《ゆう》にい。助《たす》かった！」

おう、と、祐《ゆう》にいが返事《へんじ》をする。

ぷつり、と、電話《でんわ》を切《き》るのと一緒《いっしょ》に、クラブ活動終了《かつどうしゅうりょう》のチャイムが鳴《な》った。

次《つぎ》の日《ひ》のクラブでやることは、はじめから決《き》まっていた。

昨日《きのう》の花《か》びんを、最後《さいご》まで組《く》み立《た》てること。

陶器《とうき》の部分《ぶぶん》は早《はや》かったけれど、陶器《とうき》よりもずっと割《わ》れやすい石膏《せっこう》の部分《ぶぶん》を直《なお》すのは、かなり手間《てま》取《ど》った。

そんなに雑《ざつ》に扱《あつか》ったつもりはないけれど、どこかにぶつかったりこすれたりして、角《かど》が取《と》れたのも多《おお》くて、どうしてもきれいにできない。

それでも、とりあえずかけらをつなげて、ひとまず全体《ぜんたい》の形《かたち》だけはわかるようになった（ちなみに、がんばったまーくんは、「ぼくって有能《ゆうのう》だねぇ。」と、調子《ちょうし》にのりすぎて、やっぱりあきちゃんににらまれていた）。

「やっぱり、花《か》びんに入《はい》っていたんだね。あのカード。」

テーブルにのせた花《か》びんを見《み》ながら言《い》うと、まーくんはうなずいた。

教室《きょうしつ》にあった花《か》びんと同《おな》じように、この花《か》びんの底《そこ》にも石膏《せっこう》がぬってあった。カードは、その中《なか》にかくしてあったんだ。

「それに、もう一つヒントも見《み》つけたしねぇ。」

そう。この花《か》びんの底《そこ》にも、やっぱり文字《もじ》が書《か》いてあった。

「次《つぎ》は『か』だって。どういう意味《いみ》なんだろうね、これ。」

わたしが首《くび》をかしげると、まーくんたちもつられて首《くび》をかしげた。

「び」「2」「か」。これで、集《あつ》まった文字《もじ》は全部《ぜんぶ》で三つだ。

「たぶん、あと一つ、見《み》つけようと思《おも》えば見《み》つけられるんだけどねぇ。」

そうね、と、ここはあきちゃんがうなずく。

カードは、石膏の中にかくしてあった。ということは、教室《きょうしつ》のあの花《か》びんの石膏《せっこう》の中《なか》にも、カードがかくしてある可能性《かのうせい》は高《たか》い。

「教室《きょうしつ》の花《か》びんも、調《しら》べてみる？」

立《た》ちあがろうとしたあきちゃんの服《ふく》のすそを、わたしはとっさにつかんだ。

あきちゃんは、不審《ふしん》そうに顔《かお》をしかめて、こっちをふりかえる。

「ヒントは見《み》つかるかもしれないけど……でも、花《か》びんを割《わ》っちゃうことになるかもしれないから、それは、もう一つ花《か》びんが見《み》つかってからにしようよ。」

石膏《せっこう》って、一度《いちど》ひびが入《はい》ったり、割《わ》れたりすると、そこから簡単《かんたん》にぼろぼろ崩《くず》れてしまう。でも、無傷《むきず》のままぴっちり隙間《すきま》にぬりつけられている状態《じょうたい》だと、けっこう丈夫《じょうぶ》なんだ。

花《か》びんの底《そこ》にぬってあった石膏《せっこう》は、傷《きず》もなくて、おまけに花《か》びんにがっちりくっついていた。だから、ヒントを手《て》に入《い》れるために、ヘタに石膏《せっこう》に衝撃《しょうげき》を加《くわ》えたら、花《か》びんまで傷《きず》がついてしまいそうな気《き》がするんだ。

まだ全部《ぜんぶ》の花《か》びんが集《あつ》まっていないのに、わざわざもう一つヒントを手《て》に入《い》れるために、花《か》びんを傷《きず》つける勇気《ゆうき》なんて、わたしにはとてもないよ。

「もう一つの花《か》びんねぇ……。」

まーくんが、ぽつんとつぶやく。

あきちゃんは、首《くび》をすくめて座布団《ざぶとん》に座《すわ》り直《なお》した。

「十五年《ねん》も前《まえ》の花《か》びんが、二つも立《た》て続《つづ》けに見《み》つかっただけでも奇跡《きせき》だと思《おも》うわよ。」

「そうだけど……。」

でも、二度《にど》あることは三度《さんど》あるっていうよね？

「そうそう。いくつか追加《ついか》でわかったことがあるのよ。忘《わす》れていたわ。」

あきちゃんは、えんま帳《ちょう》を出《だ》した。

「パズルクラブのほうからたどっても、これ以上手《いじょうて》がかりは出《で》てきそうになかったの。だから、代《か》わりにべつのクラブからたどってみたわ。」

「べつのクラブ？」

ええ、と、あきちゃんはうなずいた。

「陶芸《とうげい》クラブよ。」

「陶芸《とうげい》！」

わたしとまーくんが、同時《どうじ》に声《こえ》をあげた。

「よくできているけれど、この花《か》びん、少《すこ》し形《かたち》がいびつでしょう。だから、もしかすると手作《てづく》りかもしれないと思《おも》ったのよ。実際《じっさい》、こんな花《か》びんは、市場《しじょう》に出回《でまわ》っていなかったわ。そこで出《で》てくるのが、陶芸《とうげい》クラブ。」

あきちゃんは、ぺらりとえんま帳《ちょう》のページをめくって続《つづ》けた。

「作《つく》られたのは、今《いま》から十五年前《ねんまえ》。当時《とうじ》の日誌《にっし》には『パズルクラブのメンバー（六年《ねん》）三名《めい》がクラブ体験《たいけん》の際《さい》、制作《せいさく》。』って書《か》いてあったわ。写真《しゃしん》は残《のこ》っていなかったけれど、特徴《とくちょう》が一致《いっち》していたから、間違《まちが》いなくこの花《か》びんだと思《おも》うわ。」

「十五年前《ねんまえ》……それって、パズルクラブが廃部《はいぶ》になった年《とし》、だよね。」

そうして、作《つく》ったのは六年生《ねんせい》三人《にん》。……またしても、もうひとりの部員《ぶいん》は無視《むし》だ。

「あと、陶芸《とうげい》クラブに残《のこ》っていたメモから、あのヒントの紙《かみ》は、当時《とうじ》のパズルクラブのクラブ長《ちょう》が書《か》いた、ということがわかったわ。やっぱりあの宝《たから》のヒントは、パズルクラブの最後《さいご》のメンバーが作《つく》ったようね。」

ぱたん、と、あきちゃんはえんま帳《ちょう》を閉《と》じて、ポケットに戻《もど》した。

「以上《いじょう》よ。」

あいかわらず、謎《なぞ》の情報網《じょうほうもう》。どこからそんなことを調《しら》べてくるのか、すごく気《き》になる。

それに、あきちゃんの持《も》っている情報《じょうほう》の量《りょう》って、どう考《かんが》えてもその手帳《てちょう》におさまりきらないと思《おも》うんだけど……じつはあきちゃんって、えんま帳《ちょう》を何冊《なんさつ》も持《も》ってるんじゃないかって、わたしはひそかに疑《うたが》っている。

「それで、これからどうする？」

あきちゃんが、ちらりとわたしを見《み》た。

祐《ゆう》にいに頼《たの》まれた花《か》びんの修理《しゅうり》は終《お》わった。けれど、まだ完全《かんぜん》に乾《かわ》いていないから、返《かえ》すのはもう少《すこ》し先《さき》。

どうせ持《も》ち主《ぬし》もわからないから、「ゆっくりでいい」って、祐《ゆう》にいも言《い》ってくれていたし。

ちらりと時計《とけい》を見《み》ると、クラブ活動終了《かつどうしゅうりょう》まではあと三十分《ぷん》くらいある。

残《のこ》る花《か》びんは、あと一つ。

ヒントがそろわなければ、解《と》けるクイズも解《と》けない。……まあ、そろっていたら解《と》けるのか、って言《い》われたら、それはまた別問題《べつもんだい》だけど。

わたしは勢《いきお》いよく立《た》ちあがると、ぴょんっ、とフローリングに飛《と》びおりた。

「よし。花《か》びん、探《さが》しに行《い》こう！」

……まあ、こんな短時間《たんじかん》で見《み》つかるなんて、さすがに思《おも》っていなかったけれど。

当然《とうぜん》のように、この日《ひ》、三つ目《め》の花《か》びんは見《み》つからなかった。

桜《さくら》の山学園《やまがくえん》は広《ひろ》い。

中学《ちゅうがく》と高校《こうこう》も合《あ》わせれば、建物《たてもの》の数《かず》もばかにならない。部屋数《へやかず》なんて、三桁《けた》を余裕《よゆう》で通《とお》り越《こ》しちゃう。

だから、翌日《よくじつ》、本格的《ほんかくてき》に花《か》びんを探《さが》しはじめることにしたわたしたちが最初《さいしょ》にやったのは、探《さが》す順番《じゅんばん》を決《き》めること。

築《ちく》十五年《ねん》以上《いじょう》――パズルクラブが廃部《はいぶ》になったとき、すでにあった建物《たてもの》かどうか。建物《たてもの》に出入《でい》りできるか。あとは、建物《たてもの》の大《おお》きさや、置《お》いてある物《もの》の量《りょう》。

それを軽《かる》くチェックしてから、わたしたちは見取《みと》り図《ず》を片手《かたて》に、外《そと》へ出《で》た。

「えーっと、まずは体育倉庫《たいいくそうこ》だねぇ。」

水《みず》たまりができた校庭《こうてい》を、ぺしゃぺしゃ歩《ある》いて、敷地《しきち》の南西《なんせい》に向《む》かう。

体育倉庫《たいいくそうこ》の重《おも》い扉《とびら》を開《あ》けると「へっくしゅん!」と、まーくんが盛大《せいだい》にくしゃみをした。

「ほこりっぽいわね。雨《あめ》ふりなのに。」

あきちゃんは軽《かる》く顔《かお》をしかめながらも、高跳《たかと》び用《よう》のマットをワイルドに踏《ふ》んで、奥《おく》を調《しら》べに行《い》く。

わたしは、くるりと室内《しつない》を見《み》まわしてみた。綱引《つなひ》き用《よう》の綱《つな》や、玉《たま》ころがしの大玉《おおだま》。しばらく使《つか》われていない運動会用《うんどうかいよう》の大道具《おおどうぐ》には、土《つち》ぼこりが積《つ》もっている。

「もし、ここに十五年《ねん》置《お》きっぱなしだったら、もうほこりに埋《う》まっちゃってるかもねぇ。」

鼻《はな》をぐずぐずさせながら、まーくんは言《い》った。

「そういえば、ゆっちゃん知《し》ってる？　昔《むかし》ね、この体育倉庫《たいいくそうこ》に女《おんな》の子《こ》が閉《と》じ込《こ》められたことがあるんだって。」

「えっ？　ここに？」

空気《くうき》が抜《ぬ》けて、半分《はんぶん》へしゃげた大玉《おおだま》の裏《うら》をのぞき込《こ》んでいたわたしは、まーくんをふりかえった。

「うん。でも、誰《だれ》にも気《き》づいてもらえなくて、女《おんな》の子《こ》は一晩《ひとばん》、この体育倉庫《たいいくそうこ》で過《す》ごすことになってしまった。でもね、途中《とちゅう》でどうしてもおなかがすいてたまらなくて……そのとき、女《おんな》の子《こ》はポケットにアメを入《い》れていたのを思《おも》い出《だ》したんだ。でも、あんまりあわてていたものだから、そのアメを落《お》としてしまった……。」

「かわいそう！」

思《おも》わずさけぶと、まーくんも神妙《しんみょう》な顔《かお》でうなずいた。

「女《おんな》の子《こ》は、食《た》べられなくなってしまったアメを見《み》て、あまりの絶望《ぜつぼう》に、そのまま死《し》んでしまった。それから、夕方《ゆうがた》、この倉庫《そうこ》に入《はい》るとね、『アメを持《も》っていませんか？』って、女《おんな》の子《こ》の声《こえ》が聞《き》こえるんだって。」

ぎゃーっ！と、わたしはさけんで耳《みみ》をふさいだ。

「こ、ここ怖《こわ》い話《はなし》って、先《さき》に言《い》ってよ〜！」

「あはは。言《い》ったらゆっちゃん、聞《き》いてくれないしねぇ。」

「当《あ》たり前《まえ》だよ！」

怪談《かいだん》とピーマンは、どれだけがんばってもダメなんだよ！

その場《ば》をぐるぐるまわっていたら、あきちゃんが言《い》った。

「それ、真幸《まさき》の作《つく》り話《ばなし》よ。」

「……へ？　作《つく》り話《ばなし》？」

急《いそ》いでまーくんを見《み》たら、「あはは、バレちゃったねぇ。」と笑《わら》っている。

「だいたい、それのどこが怖《こわ》い話《はなし》なのよ。それと、真幸《まさき》。そんなに話《はなし》がしたいなら、ちょっとゆっくり話《はな》し合《あ》いましょうか。ちょうどわたしも、言《い》いたいことがあるのよね。」

まーくんは、あわてて両手《りょうて》をふった。

「いやいや、もう話《はな》しつくしたから、満足《まんぞく》だよ。ほら、真剣《しんけん》に花《か》びんを探《さが》さないとね。」

逃《に》げるように、花《か》びん探《さが》しを始《はじ》めるまーくん。

それからしばらく、わたしたちはライン引《ひ》き用《よう》の粉《こな》と土《つち》ぼこりまみれになりながら、真《しん》剣《けん》に体育倉庫《たいいくそうこ》を調《しら》べた。

でも、残念《ざんねん》ながら、花《か》びんは見《み》つからなかった。

「まあ、一か所目《しょめ》で見《み》つかるなんて、思《おも》っていないから、次《つぎ》に行《い》きましょう。」

あきちゃんはそう言《い》って、見取《みと》り図《ず》の体育倉庫《たいいくそうこ》に、大《おお》きく×印《じるし》をつける。

次《つぎ》に向《む》かったのは、体育館《たいいくかん》。

準備体操《じゅんびたいそう》をしているバスケットクラブと、試合中《しあいちゅう》のバレークラブ、ぞうきんとモップの違《ちが》いを調《しら》べているそうじ愛好《あいこう》クラブの横《よこ》をこそこそ通《とお》り抜《ぬ》けて、体育館《たいいくかん》の倉庫《そうこ》やステージ、放送室《ほうそうしつ》を順番《じゅんばん》に探《さが》していく。

積《つ》んである段《だん》ボール箱《ばこ》も、一つ一つ中《なか》をチェックしていく。

部室《ぶしつ》に使《つか》われている部屋《へや》は、部員《ぶいん》に写真《しゃしん》を見《み》せて探《さが》してもらったけれど、どこもハズレ。

ついでに、体育館《たいいくかん》の上《うえ》にあるプールの更衣室《こういしつ》と、プールの倉庫《そうこ》まで調《しら》べに行《い》ったけれど、やっぱり花《か》びんは見《み》つからなかった。

「今日《きょう》は、ここまでね。」

男子更衣室《だんしこういしつ》を調《しら》べていたまーくんと合流《ごうりゅう》したところで、あきちゃんは言《い》った。

まーくんが、見取《みと》り図《ず》の体育館《たいいくかん》に、大《おお》きく×印《じるし》をつける。

「続《つづ》きは、来週《らいしゅう》に持《も》ち越《こ》しね。」

4 花《か》びんを探《さが》せ!

それからちょうど一週間《しゅうかん》が過《す》ぎた、金曜日《きんようび》の放課後《ほうかご》。

わたしたちは、用務員室《ようむいんしつ》にいた。

花《か》びんを探《さが》し続《つづ》けて、今日《きょう》でもう、六日目《むいかめ》。

見取《みと》り図《ず》の×は増《ふ》えているけれど、それでもまだ、四分《ぶん》の一くらいしか見《み》てまわれていない。

せめて、ちょっとでもヒントが見《み》つかればいいんだけれど……それもない。

さすがにわたしも、ちょっぴりめげてしまいそう。

「やっぱり、旧校舎《きゅうこうしゃ》なんじゃないの?」

あきちゃんが言《い》った。

旧校舎《きゅうこうしゃ》……わたしも、本当《ほんとう》はそこがいちばん怪《あや》しいな、と思《おも》っている。ぴよちゃんが花《か》びんを見《み》つけたのもそこだし、パズルクラブの部室《ぶしつ》があったのも、旧校舎《きゅうこうしゃ》だから。

「でも、立《た》ち入《い》り禁止《きんし》だからねぇ。」

まーくんが、困《こま》ったように笑《わら》う。

そう。いちばん怪《あや》しいのはわかっているけれど、旧校舎《きゅうこうしゃ》は生徒《せいと》の立《た》ち入《い》りが禁止《きんし》されている。だから、入《はい》りたくても入《はい》れない。調《しら》べたくても調《しら》べられないんだ。

「でも、こうやってほかの場所《ばしょ》を探《さが》していても、あんまり見《み》つかる気《き》はしないよねぇ。」

「うん……。」

わたしは、正直《しょうじき》にうなずいた。

いちばん可能性《かのうせい》が高《たか》いところがすぐそばにあるのに、そこを探《さが》せない、っていうのは、けっこうつらい。全問解《ぜんもんと》けそうだったテストが、時間切《じかんぎ》れで回収《かいしゅう》されちゃったような、そんなもどかしい気持《きも》ちになる。

「……わたしに、一つだけ案《あん》があるわ。」

あきちゃんは苦笑《くしょう》すると、立《た》ちあがった。上靴《うわぐつ》をつっかけて、フローリングにおりると、窓《まど》ぎわのスチール製《せい》のデスクでくつろいでいたくまさんの前《まえ》に立《た》った。

さっきまで、蛍光灯《けいこうとう》を抱《かか》えて校舎《こうしゃ》の中《なか》を走《はし》りまわっていたくまさんだけれど、今《いま》はヒマなのか、新聞《しんぶん》を読《よ》みながら、のんびりとお茶《ちゃ》を飲《の》んでいる。

「ちょっと、くまさん、お願《ねが》いがあるんだけれど。」

くまさんは、お茶《ちゃ》をすりながら、「ん？」と新聞《しんぶん》から顔《かお》をあげた。

「旧校舎《きゅうこうしゃ》の鍵《かぎ》、貸《か》して。」

ぶっ、と、くまさんがお茶《ちゃ》をふいた。

「お、おまえなぁ……。」

「こういうときこそ、役《やく》に立《た》ちなさいよ。」

頼《たの》んでるはずなのに、なぜかくまさんの前《まえ》でふんぞりかえっているあきちゃん。

「無理《むり》だな。」

くまさんはきっぱりと言《い》い切《き》った。わたしはあわててくまさんの元《もと》にかけ寄《よ》った。

「お願《ねが》い、くまさん！　わたしたち、どうしても花《か》びんを見《み》つけたいの。だから——。」

「それもわかる。それでも、無理《むり》なものは無理《むり》なんだ。」

「どうしても？」

くまさんは湯《ゆ》のみを置《お》いて、わたしたちに向《む》き直《なお》った。

「あのな、今《いま》、おまえたちは宝《たから》を探《さが》している。だが、よく考《かんが》えろ。それは誰《だれ》かに依頼《いらい》されたからか？」

わたしたちは、首《くび》をふった。

「違《ちが》う……。」

くまさんの言《い》うとおりだ。これは、わたしたちが勝手《かって》にやっているだけ。ただ、自分《じぶん》たちが気《き》になっているから、探《さが》しまわっているだけ。これは本当《ほんとう》は、クラブとは関係《かんけい》ない。

「それは、わかってる。でも……。」

わたしは、くちびるをかんだ。

「パズルクラブの人《ひと》は、どういう気持《きも》ちでこの宝《たから》のヒントを残《のこ》したのかな、って。」

だって、わたしなら、宝《たから》を見《み》つけてもらいたいよ。だから、「いつか、見《み》つけてもらえますように。」と願《ねが》いながら、宝《たから》をかくすと思《おも》うんだ。

そうして今回《こんかい》、わたしたちがこのヒントを見《み》つけて、宝《たから》を探《さが》しはじめた。

「もし、わたしたちが探《さが》すのをやめたら、宝《たから》もヒントも、また何年《なんねん》も、次《つぎ》のチャンスを待《ま》たなきゃいけなくなっちゃうかもしれない。……そう思《おも》ったら、すごく悲《かな》しい気持《きも》ちになるの。」

本当《ほんとう》はわたし、宝物《たからもの》が欲《ほ》しいなんて、もう思《おも》っていないんだ。

宝物《たからもの》を見《み》つけたい、謎《なぞ》を解《と》きたい、と思《おも》って始《はじ》めたことだけれど、今《いま》はむしろ「解《と》きたい」んじゃなくて「解《と》かなきゃいけない」ような気《き》がしている。

それが、パズルクラブの人《ひと》たちが残《のこ》したヒントを見《み》つけたわたしたちの、役目《やくめ》じゃないかな、って思《おも》うんだ。

わたしたちをじっと見《み》ていたくまさんは、優《やさ》しい顔《かお》で言《い》った。

「おまえらの言《い》い分《ぶん》は、よくわかる。でもな、俺《おれ》は仕事《しごと》で、学校《がっこう》じゅうの鍵《かぎ》をあずかっている。わかるか、『あずかって』いるんだ。それを、頼《たの》まれたからと言《い》って、貸《か》すわけにはいかない。『貸《か》してください。』と言《い》われたら、『ダメ。』と答《こた》えるしかない。わかるだろう。」

わたしはゆっくりとうなずいた。くまさんが言《い》っていることは、とてもよくわかる。

「まあ、くまさんの言《い》い分《ぶん》はもっともよね。でも一言《ひとこと》言《い》わせてもらうわ。」

あきちゃんは、すうっと息《いき》を吸《す》い込《こ》んだ。

「役立《やくた》たず！」

「おうおう、言《い》うねえ。」

くまさんは、あきちゃんににらまれて、笑《わら》いながら首《くび》をすくめた。

でも、これで旧校舎《きゅうこうしゃ》には入《はい》れなくなったってことだ。わたしは頭《あたま》を抱《かか》えてしまった。

くまさんは一気《いっき》に残《のこ》りのお茶《ちゃ》を飲《の》みほすと、急《きゅう》に立《た》ちあがった。

そうして、げほん、と妙《みょう》にわざとらしく咳《せき》ばらいをした。

「あー、お茶《ちゃ》を飲《の》みすぎて、ちょっとトイレに行《い》きたくなってきたな。それも、今日《きょう》は高《こう》校《こう》のトイレまで足《あし》を伸《の》ばしたい気分《きぶん》だ。」

はあ？　と、あきちゃんは変《へん》な顔《かお》をする。わたしは、はっとした。まさか、もしかして、くまさん――。

「なになに、もしかしてくまさん、女子高生《じょしこうせい》に目覚《めざ》めたの？　ダメだよ、犯罪《はんざい》だよ～。」

「違《ちが》うよ、まーくん！」

くまさんの考《かんが》えに気《き》づいたことが、それでくまさんに伝《つた》わったみたいだった。くまさんは、にっと笑《わら》って、またしゃべりだした。

「高校《こうこう》のトイレに行《い》くのには一時間《じかん》はかかるなぁ。途中《とちゅう》で誰《だれ》かに用事《ようじ》を頼《たの》まれるかもしれないからなぁ。うっかり落《お》とすと困《こま》るから、旧校舎《きゅうこうしゃ》の鍵《かぎ》は、この引《ひ》き出《だ》しに入《い》れておくか。あ、ちなみにこれ、裏口《うらぐち》の鍵《かぎ》だからな。」

あきちゃんとまーくんも、ようやく気《き》がついたみたいだった。

「貸《か》してください。」と言《い》われたら、「ダメ。」と答《こた》えるしかない。

でも、これはくまさんのひとりごとだから、これでわたしたちが行動《こうどう》を起《お》こしても、くまさんに協力《きょうりょく》してもらったことにはならないんだ。

くまさんは、鍵《かぎ》の束《たば》から、わざわざ一本《ぽん》だけ鍵《かぎ》を抜《ぬ》き取《と》ると、わざとわたしたちに見《み》えるように、その鍵《かぎ》を引《ひ》き出《だ》しに入《い》れた。

「くまさん、行《い》ってらっしゃい！」

ありがとうの代《か》わりに声《こえ》をはりあげると、くまさんは軽《かる》く片手《かたて》をあげた。

「おとなしく、クラブ活動《かつどう》にはげむように。」

はいっ！と、わたしとまーくん。

「どうせなら、そのあと駅《えき》のトイレまで行《い》ってきなさいよ。片道《かたみち》三十分《ぷん》かけて。」

ぼそりとつぶやいたあきちゃんの声《こえ》に、くまさんは苦笑《くしょう》して、もう一度《いちど》肩《かた》をすくめた。

「本当《ほんとう》におまえは、言《い》うねえ。」


くまさんが用務員室《ようむいんしつ》から出《で》ていくのを見送《みおく》って、すぐに、行動《こうどう》を開始《かいし》した。

まだ明《あか》るい時間《じかん》だけれど、やっぱり旧校舎《きゅうこうしゃ》のまわりは薄暗《うすぐら》い。

さくら森《もり》からは、少《すこ》し風《かぜ》がふくたびに、ざざ、と木《こ》の葉《は》が揺《ゆ》れる音《おと》や、みしみしと枝《えだ》がきしむ音《おと》が聞《き》こえてくる。それが誰《だれ》かの足音《あしおと》のように聞《き》こえて、わたしは音《おと》から逃《に》げるように、急《いそ》いでポケットから鍵《かぎ》を取《と》り出《だ》すと、ドアを開《あ》けた。

半分《はんぶん》くらい開《あ》けたドアの隙間《すきま》から、校舎《こうしゃ》の中《なか》にすべり込《こ》む。とたんに、空気《くうき》のにおいが変《か》わった。換気《かんき》ができていないせいか、ほこりと湿気《しっけ》が混《ま》ざったようなにおいがする。

「けっこう暗《くら》いわね。」

校舎《こうしゃ》の中《なか》を見《み》まわして、あきちゃんはつぶやいた。

最後《さいご》に入《はい》ったたまーくんが、ドアを閉《し》めて、内側《うちがわ》から鍵《かぎ》をかける。

すると、外《そと》の音《おと》が消《き》えた。しんとした廊下《ろうか》を、わたしはゆっくりと見《み》まわしてみる。

なんだろう……静《しず》かなのに、まるでなにかが、どこかにひそんでいて、じっとこっちを見《み》ているような、そんな奇妙《きみょう》な感《かん》じがする。

ごくりと息《いき》をのんで、わたしたちは顔《かお》を見合《みあ》わせた。

ギッギッ、と床板《ゆかいた》をきしませながら、まずは三人《にん》で、一の形《かたち》をした校舎《こうしゃ》の左《ひだり》はしまで行《い》って、近《ちか》くの教室《きょうしつ》のドアを開《あ》けた。

「わーお。……これは、完全《かんぜん》に物置《ものおき》だねぇ。」

中《なか》をのぞいたまーくんが、ぱちぱちと目《め》をまたたかせる。

黒板《こくばん》やロッカー、そうじ用具入《ようぐい》れ。教室《きょうしつ》だったなごりはあるけれど、机《つくえ》とイスの代《か》わりに、大《おお》きな棚《たな》がどかんと置《お》かれていて、そこに大小《だいしょう》の段《だん》ボール箱《ばこ》や雑誌《ざっし》、問題集《もんだいしゅう》が無造作《むぞうさ》に積《つ》みあげられている。

旧校舎《きゅうこうしゃ》は物置《ものおき》になっている、って聞《き》いていたけれど、こんなにしっかり物置《ものおき》にされているなんて、思《おも》っていなかったよ。

「とりあえず、急《いそ》ぐわよ。一時間《じかん》しかないんだから、ぼんやりしている時間《じかん》はないわ。」

うなずいて、わたしたちは、急《いそ》いで教室《きょうしつ》を調《しら》べにかかった。

四階《かい》建《だ》ての旧校舎《きゅうこうしゃ》を一時間《じかん》で調《しら》べようと思《おも》うと、一階《かい》に使《つか》える時間《じかん》は約《やく》十五分《ふん》。一秒《びょう》だって、ムダにはできない。

すばやく箱《はこ》を開《あ》けて、棚《たな》をのぞき、次《つぎ》の教室《きょうしつ》へ移動《いどう》して、また同《おな》じことをくりかえす。

一階《かい》が終《お》わると、今度《こんど》は二階《かい》。

職員室《しょくいんしつ》や校長室《こうちょうしつ》など、何《なん》か所《しょ》か鍵《かぎ》がかかっていて入《はい》れなかったところは、とりあえずパスして、手当《てあ》たりしだい、ひたすら探《さが》していく。

二階《かい》と、さらに三階《がい》が終《お》わって、ラストの四階《かい》にあがったところで、わたしたちは誰《だれ》ともなく足《あし》を止《と》めた。

まっすぐに伸《の》びる廊下《ろうか》の右側《みぎがわ》に、ずらりと茶色《ちゃいろ》いドアが並《なら》んでいる。

今《いま》までのドアと色《いろ》が違《ちが》うし……それに教室《きょうしつ》にしては、一部屋《ひとへや》ごとの間隔《かんかく》がすごくせまい。

「四階《かい》は、部室《ぶしつ》になっていたみたいね。」

見取《みと》り図《ず》を確認《かくにん》して、あきちゃんが言《い》った。

「これ、全部《ぜんぶ》部室《ぶしつ》なの？」と、わたしがさけぶと、

「これは、すごいねぇ。」と、まーくんもちょっとびっくりした声《こえ》をあげた。

近《ちか》くのドアに近《ちか》づいてみると、たしかに「夏《なつ》をこよなく愛《あい》するクラブ」のプレートがかかったままになっている。

そっと、ドアノブをまわしてみた。

――開《あ》いてる。

なんとなく無言《むごん》で入《はい》っちゃいけない気《き》がして「失礼《しつれい》します。」と言《い》いながら、中《なか》に入《はい》った。

廊下《ろうか》から見《み》た感《かん》じよりも、部室《ぶしつ》は広《ひろ》かった。

でも、そう思《おも》ったのは、部屋《へや》の中《なか》にほとんど物《もの》が置《お》いてなかったからかもしれない。実際《じっさい》は、わたしの部屋《へや》と同《おな》じくらいだから……六畳《じょう》くらいかな。

「そっか、新校舎《しんこうしゃ》ができたときに、部室《ぶしつ》も引《ひ》っ越《こ》したんだよね。」

これだけたくさんのクラブが一気《いっき》に引《ひ》っ越《こ》すのは、たいへんだったんだろうなあ。あの、ぎしぎしいう階段《かいだん》なんて、みんなでおりたら板《いた》が抜《ぬ》けそうだもん。

そんなことを考《かんが》えていたら、突然《とつぜん》、まーくんのケータイが鳴《な》った。

「ひゃあっ！」と飛《と》びあがったわたしをよそに、まーくんはごそごそとポケットからケータイを出《だ》す。

「残《のこ》り十分《ぷん》になったら鳴《な》るように、セットしておいたんだ。」

気《き》を引《ひ》きしめ直《なお》して、わたしは部屋《へや》の中《なか》をもう一度《いちど》見《み》まわした。

「……ここは、ないわね。」

あきちゃんが言《い》う。わたしはうなずいて、部室《ぶしつ》を出《で》た。

部室《ぶしつ》の数《かず》は多《おお》いし、残《のこ》り時間《じかん》も少《すく》ないけれど、どこも引《ひ》っ越《こ》したあとで、荷物《にもつ》がほとんどなかったから、思《おも》っていたよりもずっと、四階《かい》の調査《ちょうさ》は楽《らく》だった。

ほんの五分《ふん》ほどで、一気《いっき》に校舎《こうしゃ》の真《ま》ん中《なか》くらいまで調《しら》べ終《お》えて、残《のこ》るはあと少《すこ》し。

なんとか時間《じかん》どおりに終《お》われそうかも、と思《おも》いはじめたとき、

「あ、ちょっと待《ま》って。」

見取《みと》り図《ず》を持《も》っていたあきちゃんが、ふいに声《こえ》をあげた。

「ここ……パズルクラブの部室《ぶしつ》だった場所《ばしょ》ね。」

「ここが？」

今《いま》まさに、ドアを開《あ》けようとしていたまーくんが、思《おも》わず手《て》を止《と》めた。

わたしたちは三人《にん》で、まじまじとドアを見《み》た。

クラブ名《めい》のプレートを入《い》れる場所《ばしょ》には、なにも入《はい》っていない。

まーくんが、おそるおそるドアを押《お》し開《あ》けた。

室内《しつない》には、古《ふる》い木製《もくせい》の机《つくえ》とイスが三脚《きゃく》、三角形《さんかくけい》に並《なら》べてある。

壁《かべ》ぎわの黒板《こくばん》には「ドミノ倒《たお》しクラブ、今日《きょう》の活動内容《かつどうないよう》・引《ひ》っ越《こ》し！」の文字《もじ》。そっか、ここは、パズルクラブがなくなったあと、ドミノ倒《たお》しクラブが使《つか》っていたんだね。

「落書《らくが》き、たくさんあるわね。」

あきちゃんが、壁《かべ》を見《み》ながらつぶやいた。

「うん。……あっ！」

あきちゃんと一緒《いっしょ》になって、壁《かべ》を見《み》ていたわたしは、小《ちい》さく声《こえ》をあげた。

「ここ『パズルクラブ』って書《か》いてるよ！」

「こっちには『江戸《えど》の暮《く》らしを考《かんが》えるクラブ』って書《か》いているねぇ。これは、パズルクラブよりも前《まえ》にあったクラブかな？」

あきちゃんはうなずいた。

「たぶん、そうね。パズルクラブは二十年前《ねんまえ》にできたんだから、それの前《まえ》に入《はい》っていたクラブじゃない？　なんて言《い》ってもこの校舎《こうしゃ》、築百年《ちくねん》だもの。歴史《れきし》もあるわ。」

そっか。この校舎《こうしゃ》は、桜《さくら》の山学園《やまがくえん》ができたときから、ずっとここに建《た》っているんだ。

百年《ねん》って、おばあちゃんが生《う》まれるより、もっと前《まえ》のことだから……もしかしたら、おばあちゃんのお母《かあ》さんも、子《こ》どもの頃《ころ》、この校舎《こうしゃ》で勉強《べんきょう》していたかもしれない、ってことなんだよね。

「なんだか、想像《そうぞう》できないね。そんな昔《むかし》に、この校舎《こうしゃ》があったって。ねえ、百年前《ねんまえ》って、なにがあったんだっけ？」

「タイタニック号《ごう》が沈没《ちんぼつ》したわ。」

一瞬《いっしゅん》、ぽかんとしてしまった。

「あのう……できれば、もうちょっとおめでたい話題《わだい》がいいんだけど。」

「あ、そうだ。今《いま》の校長先生《こうちょうせんせい》が生《う》まれた年《とし》でもあるねぇ。」

今度《こんど》は、まーくん。

「……って！　え？　こ、校長先生《こうちょうせんせい》が生《う》まれた年《とし》？」

「あれ？　ゆっちゃん、知《し》らなかったの？　校長先生《こうちょうせんせい》、ああ見《み》えて、もう百歳《さい》なんだよ。」

「えええっ！　う、うそ！」

だ、だって校長先生《こうちょうせんせい》、そんなに年《とし》とってるように見《み》えないよ？

口《くち》をぱくぱくさせていたら、まーくんはにっこり笑《わら》って言《い》った。

「なんでも、もう四十年近《ねんちか》く、見《み》た目《め》が変《か》わらないらしいんだよねぇ。ちなみに『年《とし》をとらない校長先生《こうちょうせんせい》』って、この学校《がっこう》の七不思議《ななふしぎ》の一つにもなっているんだけどね。」

ひえええっ。ただものじゃないと思《おも》っていたけれど、校長先生《こうちょうせんせい》、まさかそんなに長生《ながい》きしていたなんて！

「そんなわけないいじゃない。冗談《じょうだん》よ。」

横《よこ》から、ぼそりとあきちゃんの声《こえ》がした。

「……へ？　冗談《じょうだん》？」

ぽかっと口《くち》を開《あ》けたまま、まーくんをちらりと見《み》ると、まーくんはへらへら笑《わら》って言《い》った。

「あー、やっぱりバレちゃったねぇ。」

「ひ、ひどいよ、まーくん！」

「ゆっちゃんは、本当《ほんとう》にいい子《こ》だねぇ。」

ひたすらにこにこしているまーくん。

「結子《ゆいこ》も、いいかげんに学習《がくしゅう》しなさいよね。」

あきちゃんは、あきれ顔《がお》。

なんだか急《きゅう》に現実《げんじつ》に引《ひ》き戻《もど》されて、わたしはすごすごと、花《か》びん探《さが》しに戻《もど》った。

けれど、残念《ざんねん》ながら、この部屋《へや》にも花《か》びんは見当《みあ》たらない。それに、まーくんも気《き》づいたみたい。

「とりあえず、次《つぎ》、行《い》こうか。」

残《のこ》りの部室《ぶしつ》を、わたしたちはまた猛《もう》スピードでチェックしていった。

でも、不思議《ふしぎ》。どこも引《ひ》っ越《こ》したあとで、ほぼからっぽだけれど、それでも部室《ぶしつ》にはなんとなく、そのクラブの空気《くうき》みたいなのが残《のこ》っている。

ドアをいっぱいに開《あ》けると、その残《のこ》り香《が》が一緒《いっしょ》に消《き》えてしまいそうで、わたしは空気《くうき》ができるだけ逃《に》げないように、そっとドアを開閉《かいへい》した。

そうして、ついにラスト一部屋《ひとへや》。

期待《きたい》する反面《はんめん》、「ここにもないかも。」というあきらめの空気《くうき》をまといながら、わたしたちはドアを開《あ》ける。

「まあ、なんとなくそんな予感《よかん》はしたわよね。」

首《くび》をすくめたあきちゃんに、わたしはだまってうなずいた。

結果《けっか》は、ハズレ。

そこで、ふたたびまーくんのケータイが鳴《な》った。

「あー……ちょうど、タイムオーバーだねぇ。」

わたしたちは、そろってため息《いき》をついた。あきちゃんなんて、続《つづ》けざまに三回目《かいめ》。

ため息《いき》をつくごとに幸《しあわ》せが逃《に》げていく、という話《はなし》が本当《ほんとう》なら、今日《きょう》ですごい数《かず》の幸《しあわ》せが飛《と》んでいってしまっている気《き》がするけど、大丈夫《だいじょうぶ》かな。

「とりあえず、いったん出《で》ましょう。」

わたしとまーくんはうなずいた。

「おう。時間《じかん》どおりだな。」

用務員室《ようむいんしつ》に戻《もど》ったわたしたちを、くまさんは笑顔《えがお》で迎《むか》えた。

「くまさん、これ、ありがとう。引《ひ》き出《だ》しに戻《もど》しとくね。」

「おう。」

旧校舎《きゅうこうしゃ》の鍵《かぎ》を元《もと》の場所《ばしょ》に戻《もど》すあいだ、くまさんはくるりとイスを窓側《まどがわ》に向《む》けて、なにも見《み》なかったふり。

わたしも、なにごともなかったみたいに（というか、実際《じっさい》に、なにごともなかったんだけど）鍵《かぎ》を戻《もど》す。

「その顔《かお》は、ダメだったか。」

とぼとぼと畳《たたみ》に上《あ》がるわたしたちの背中《せなか》に、くまさんが遠慮《えんりょ》がちに言《い》った。

「うん。いちおう、鍵《かぎ》がかかってないとこは、全部《ぜんぶ》調《しら》べたんだけど……。」

そうか、と、くまさんはうなずくと、また新聞《しんぶん》を読《よ》みはじめる。

いつもどおり、テーブルのまわりに座《すわ》ったわたしたちは、敷地内《しきちない》の見取《みと》り図《ず》を広《ひろ》げた。

これで、いちばん可能性《かのうせい》が高《たか》かった旧校舎《きゅうこうしゃ》も×。

「これからどうしようねぇ。」

少《すこ》し困《こま》った調子《ちょうし》で、まーくんが言《い》った。

わたしもあきちゃんも、答《こた》えられなかった。

まだまだ、調《しら》べていない場所《ばしょ》はたくさん残《のこ》っている。でも、旧校舎《きゅうこうしゃ》がダメだった今《いま》、あそこ以上《いじょう》に可能性《かのうせい》が高《たか》いところなんて、思《おも》いつかない。

あとは、地道《じみち》に残《のこ》りの建物《たてもの》を調《しら》べていくだけ。……でも、それには、どれくらい時間《じかん》がかかるんだろう。

そう思《おも》っていたら、あきちゃんが静《しず》かに言《い》った。

「いつまで、探《さが》し続《つづ》けるつもり？」

どきっとした。

今《いま》まさに、わたしが考《かんが》えたこと。——そうして、今《いま》まで避《さ》けていた言葉《ことば》だったから。

「結子《ゆいこ》が『これでいい。』って言《い》うなら、わたしは止《と》めるつもりはないわ。けれど、このクラブの目的《もくてき》は『修理《しゅうり》をすること』なんでしょう。依頼《いらい》も受《う》けないで、いつまでもこれにかかりっきりになるのは、どうかと思《おも》うわよ。」

わたしは、くちびるをかみしめた。

……あきちゃんの言《い》うとおりだ。

「でも、ここでやめたら、せっかく出《で》てきた二つの花《か》びん、無意味《むいみ》になっちゃうよ。」

精一杯《せいいっぱい》の言《い》いわけをしたら、あきちゃんも「わかってるわよ。」とうなずいた。

「べつに、探《さが》すのをやめろ、とは言《い》っていないわ。ただ、これにかかりきりになるのは、やめたほうがいいと思《おも》うの。」

わたしは、壁《かべ》にかかっているカレンダーをふりかえった。

この花《か》びんを探《さが》しはじめて、今日《きょう》で六日《むいか》。そのあいだ、ほかの依頼《いらい》は一つも来《き》ていない。

来《く》るわけがなかった。だってわたしたち、この一週間《しゅうかん》、放課後《ほうかご》はずっと、用務員室《ようむいんしつ》を離《はな》れていたから。

「もう、探《さが》しに行《い》くのはやめて、出《で》てくるのを待《ま》ったほうがいいんじゃない。」

わたしは、まーくんをふりかえった。

「まーくんは、どう思《おも》う？」

まーくんは、小《ちい》さく首《くび》をかしげた。

「んー……。まあ、それは、ぼくじゃなくて、ゆっちゃんが決《き》めることだけれど。……でも、ぼくたちが動《うご》いても、どれだけ意味《いみ》があるかはわからないねぇ。」

……だめだ。まーくんも、あきちゃんと同《おな》じ意見《いけん》なんだ。

こうなったら、助《たす》けを求《もと》められるのは、あとひとり。

「くまさん！」

くまさんは、のっそりと新聞《しんぶん》から顔《かお》をあげた。

「ん？　呼《よ》んだか？」

「くまさんは、これと同《おな》じ花《か》びん、見《み》てない？」

のっそりと立《た》ちあがったくまさんは、新聞《しんぶん》を片手《かたて》に持《も》ったまま、畳《たたみ》へ上《あ》がってきた。

花《か》びんを見《み》て、うーん、とうなる。

「うーむ……。どうだったかなあ。」

「なに、その煮《に》え切《き》らない返事《へんじ》。知《し》らないなら知《し》らないって、はっきり言《い》いなさいよ。」

「いや……見《み》たことがあるような気《き》が、しなくもないんだよなあ。」

しきりにあごひげをなでながら、くまさんはまた首《くび》をひねる。

予想外《よそうがい》の反応《はんのう》に、わたしたちは顔《かお》を見合《みあ》わせた。聞《き》いておきながらこんなこと言《い》うのも
どうかと思《おも》うけれど、もっとあっさり「見《み》たことない。」って言《い》われると思《おも》ったんだもん。

「も、もしかして知《し》ってる？」

おそるおそる聞《き》いてみると、くまさんはまた首《くび》をかしげた。

「これ、ぼくらの教室《きょうしつ》にも同《おな》じのが置《お》いてあるんだよねぇ。くまさん、見《み》まわりのとき、
ぼくらの教室《きょうしつ》で見《み》たとか、そういうオチじゃないよねえ？」

「……いやあ、まったく思《おも》い出《だ》せない。もしかしたら、そうかもしれんなあ。」

「ええっ！　そんなぁ～！」

せっかく、もしかしたら、もしかするかも！　って思《おも》ったのに……。

しょんぼりと、わたしは肩《かた》を落《お》とした。

でもまあ、さすがにどれを見《み》たのかまでは、わからないよね。波線《はせん》の色《いろ》は違《ちが》うけれど、

気《き》にして見《み》ていないと、そんなところまで覚《おぼ》えていないだろうし……仕方《しかた》ないよ。

「もう少《すこ》し、目立《めだ》つものなら覚《おぼ》えていられたかもしれんがなあ。まあ、今日《きょう》から気《き》をつけて見《み》てみるから。」

「ぜったい、見《み》つけたら教《おし》えてね！　もう、くまさんだけが頼《たよ》りだよ～！」

ひしっ、と、くまさんにしがみつく。

よしよし、わかったわかった、と、くまさんはわたしの頭《あたま》をなでた。

「大丈夫《だいじょうぶ》だ。時間《じかん》はかかるかもしれんが、あきらめなければなんとかなる。十五年《ねん》も前《まえ》のものなんて、ふつう、簡単《かんたん》に出《で》てこないんだぞ。それが一つも見《み》つかったってことは、きっと花《か》びんが『見《み》つけてほしい！』と思《おも》っているんだ。それなら、きっと見《み》つかる。」

ちょっとびっくりして、わたしはくまさんを見《み》あげた。

くまさんは、笑《わら》って、最後《さいご》にわたしの頭《あたま》を、ぽんっとたたくと言《い》った。

「さて。花《か》びんを探《さが》しがてら、校内《こうない》の見《み》まわりでもしてくるかな。クラブ終了《しゅうりょう》時間《じかん》までには戻《もど》ってこないと思《おも》うから、気《き》をつけて帰《かえ》れよ。」

「うん。くまさん、ありがとう！」

くまさんは満足《まんぞく》そうにうなずくと、用務員室《ようむいんしつ》から出《で》ていった。

その夜《よる》、わたしはひとりで、ベッドに寝転《ねころ》んで考《かんが》えた。

――いつまで、探《さが》し続《つづ》けるつもり？

あきちゃんに言《い》われた言葉《ことば》が、頭《あたま》の中《なか》をぐるぐるまわる。

結局《けっきょく》、わたしはあきちゃんの質問《しつもん》に、答《こた》えられなかった。

ぐるんと寝返《ねがえ》りを打《う》つと、わたしは枕元《まくらもと》に置《お》いてあった懐中時計《かいちゅうどけい》を、そっと触《さわ》った。

「わたしだって、そんなに簡単《かんたん》に出《で》てくるなんて、思《おも》ってないよ。でも……。」

でも、くまさんは言《い》ってくれた。きっと、花《か》びんが見《み》つけてほしがってるんだ。だから、大丈夫《だいじょうぶ》だ。……って。

あのとき、わたしがちょっと驚《おどろ》いたのは、小《ちい》さい頃《ころ》、それと同《おな》じことを聞《き》いたことがあったからなんだ。

わたしは、懐中時計《かいちゅうどけい》をたぐり寄《よ》せると、そっと、両手《りょうて》で包《つつ》み込《こ》んだ。

時計修理師《とけいしゅうりし》をしているおばあちゃんに、小《ちい》さい頃《ころ》もらった懐中時計《かいちゅうどけい》――これを持《も》つと、いつだって、心《こころ》がすうっと落《お》ち着《つ》いていく。

そのまま目《め》を閉《と》じると、頭《あたま》の中《なか》に、おばあちゃんの顔《かお》が浮《う》かんできた。

おばあちゃんは、修理《しゅうり》も得意《とくい》だったけれど、探《さが》しものを見《み》つけるのも得意《とくい》だったんだ。

もう、古《ふる》いからぜったい出《で》てこない！　と思《おも》っていても、おばあちゃんが探《さが》すと、ぽん、と出《で》てきたりする。

だから、わたしはおばあちゃんに聞《き》いたことがある。

「おばあちゃんは、どうしてそんなに上手《じょうず》に、なんでも見《み》つけられるの？」

そうしたら、おばあちゃんは笑《わら》ってこう言《い》った。

「おばあちゃんが無理《むり》に探《さが》しているわけじゃないんだよ。これはね、物《もの》のほうから集《あつ》まってくるの。」

意味《いみ》がわからなくて、首《くび》をかしげたわたしに、おばあちゃんは言《い》い直《なお》した。

「どれだけ探《さが》しても見《み》つからなかったのに、なにも考《かんが》えていないときに、ふっと探《さが》しものが見《み》つかったこと、ゆっちゃんには、ない？」

「ある！」

なくしたものって、いつもそう。必死《ひっし》になって探《さが》してるときには出《で》てこないのに、しばらくしてから、急《きゅう》に出《で》てくるんだよね。

「それはね、もしかしたら、かくれていたものが『見《み》つけてほしい！』って自分《じぶん》から出《で》てくるのかもしれないって、おばあちゃんは思《おも》うの。」

わたしは、けらけら笑《わら》った。

「おばあちゃん、物《もの》は、自分《じぶん》では動《うご》けないんだよ！」

「そう？　ゆっちゃんがそう思《おも》っているだけで、ゆっちゃんが寝《ね》ているあいだに、こっそり動《うご》いてるかもしれないよ？」

おばあちゃんは、すまし顔《がお》で言《い》った。

「そっ、そんなこと……！」

ないもん！　と、わたしは返《かえ》せなかった。だって、おばあちゃんが言《い》うと、なんだか本《ほん》当《とう》にそんな気《き》がしてくるんだ。

うーん、と考《かんが》え込《こ》んだわたしの頭《あたま》を、おばあちゃんはゆっくりなでた。

「物《もの》にも心《こころ》があるって、おばあちゃんは思《おも》うの。だからね、もし、ずっと今《いま》まで見《み》つからなかったものが出《で》てきたときは、それは物《もの》の『見《み》つけて！』の合図《あいず》なんだよ。」

わたしは、そっと目《め》を開《あ》けた。

十五年《ねん》も前《まえ》のものが、今《いま》、出《で》てきた。それはきっと、おばあちゃんたちが言《い》う「見《み》つけて！」の合図《あいず》なんだと、わたしも思《おも》うんだ。

だから、大丈夫《だいじょうぶ》。三つ目《め》の花《か》びんも、きっと出《で》てくる。

「そうだよね、おばあちゃん。」

5 ぴよちゃんの恋物語《こいものがたり》

月曜日《げつようび》、わたしは用務員室《ようむいんしつ》に向《む》かう途中《とちゅう》、二人《ふたり》に言《い》った。

「わたし、やっぱり花《か》びんを探《さが》したい。」

階段《かいだん》を軽快《けいかい》におりていた二人《ふたり》は、一瞬《いっしゅん》、ぴたりと動《うご》きを止《と》めて、こっちをふりかえる。

「でも、これにばかり時間《じかん》を取《と》られるのは、よくないのもわかるよ。だからね、毎日少《まいにちすこ》しずつ――一日《いちにち》十分《ぷん》だけって決《き》めて、ちょっとずつ調《しら》べていこうと思《おも》うの。」

それで見《み》つかるかどうかはわからないけれど。でも、なにもしないよりは、ちょっとずつでも前進《ぜんしん》できる。

「もちろん、出《で》てくるときは、なにもしなくても出《で》てくるって思《おも》う。……でも、きっかけは、たくさんあったほうがぜったいいいと思《おも》うから。」

もしかしたら、嫌《いや》がられるかも。そう思《おも》ったけれど、二人《ふたり》はあっさりとうなずいた。

「いいんじゃない。結子《ゆいこ》がそう決《き》めたなら、わたしたちはそれに従《したが》うわよ。」

「うん。ぼくも、今回《こんかい》の宝《たから》には、すごく興味《きょうみ》があるから、このまま終《お》わらせたくないと思《おも》っていたんだよねぇ。それくらいなら、ちょうどいいかもしれないね。……『ちゃんと探《さが》しています！』って、アピールもできるしねぇ。」

あきちゃんは眉《まゆ》をひそめる。

「アピールって、誰《だれ》に対《たい》してよ。」

ふふふ、と、笑《わら》うまーくん。あきちゃんは首《くび》をすくめて、こっちをふりかえった。

「まあ、真幸《まさき》はほうっておきましょう。それで、今日《きょう》はどこを調《しら》べたいの？」

あきちゃんに聞《き》かれて、わたしは、ぱっ、と笑顔《えがお》になると、言《い》った。

「新校舎《しんこうしゃ》！」

新校舎《しんこうしゃ》ができたのは、今《いま》から十年前《ねんまえ》。ふつうに考《かんが》えれば、パズルクラブがなくなったあとにできたのだから、この校舎《こうしゃ》に花《か》びんがあるわけはない。

でも、ぴよちゃんみたいに、もしかしたら、誰《だれ》かが旧校舎《きゅうこうしゃ》から移動《いどう》させているかもしれない。そのとき、移動先《いどうさき》に選《えら》ばれる可能性《かのうせい》がいちばん高《たか》いのは、新校舎《しんこうしゃ》だと思《おも》うんだ。

「じゃあ、せっかくだし、上《うえ》から見《み》ていこうか。」

まーくんは、くるりとまわれ右《みぎ》をして、また階段《かいだん》をあがりだした。

「そうね。」と、あきちゃんも続《つづ》く。

「あっ、待《ま》って！」

わたしも、あわてて二人《ふたり》を追《お》いかけた。

ランドセルを背負《せお》ったまま、わたしたちは手前《てまえ》の六年生《ねんせい》の教室《きょうしつ》から見《み》てまわる。

大会議室《だいかいぎしつ》や英語《えいご》ルームもこっそりのぞいてみたけれど、ここにはなし。

でも、早《はや》く探《さが》さなきゃ、という気持《きも》ちが薄《うす》くなったからか、ハズレが続《つづ》いてもそんなにあせりはなかった。

うん。やっぱり、こんなふうにのんびり探《さが》していくのが、いちばんいいのかもしれない。

そう思《おも》いながら、五年《ねん》二組《くみ》の教室《きょうしつ》を通《とお》り過《す》ぎたとき、

「おーい、そこの三人組《にんぐみ》！」

後《うし》ろから、そんな声《こえ》が聞《き》こえてきて、わたしたちはいっせいにふりかえった（あきちゃ

んだけは「この二人《ふたり》と一緒《いっしょ》にしないでよ。」って不満《ふまん》そうな顔《かお》だけど）。

教室《きょうしつ》のドアから、ひょこっと上半身《じょうはんしん》を出《だ》していたぴよちゃんは、わたしたちと視線《しせん》が合《あ》うと、ぴょんぴょん跳《と》びはねた。

「ねえねえ。今《いま》、ヒマ？」

わたしたちは、顔《かお》を見合《みあ》わせた。「クラブ中《ちゅう》です！」って、びしっと言《い》えればいいんだけれど……これ、クラブ活動《かつどう》に入《い》れていいのかな？

返事《へんじ》しないままだまっていたら、それを「ヒマ！」って取《と》ったみたい。ぴよちゃんは、今度《こんど》はにこにこしながら手招《てまね》きした。

「ちょっと来《き》て来《き》て！」

なにごとかと思《おも》って、教室《きょうしつ》に走《はし》っていくと、ぴよちゃんはわたしたちの腕《うで》に、ごっそりノートをのせた。

「……へ？」

きょとんとするわたしたちをよそに、ぴよちゃんはひとり、ご機嫌《きげん》だ。

「よかったわ〜。ちょうど、人手《ひとで》が欲《ほ》しかったの。ナイスタイミング！」

教室《きょうしつ》のドアを閉《し》めて、ぴよちゃんは先《さき》に廊下《ろうか》に出《だ》してあった新聞紙《しんぶんし》三束《たば》を、ひょいっと持《も》った。

ぴよちゃんは、小柄《こがら》なわりに力持《ちからも》ちだ。このあいだも、教室《きょうしつ》のベランダに置《お》くプランターを四つと、土《つち》（約《やく》十キロ入《い》り）を二袋《ふたふくろ》、まとめて抱《かか》えて階段《かいだん》をかけあがっているところを目撃《もくげき》されて、まわりをぎょっとさせていたし。

鼻歌《はなうた》を歌《うた》いながら、ぴよちゃんは先《さき》に歩《ある》きはじめる。そのあとを追《お》いかけて「あれ？」と、わたしはつぶやいた。

「ぴよちゃん、職員室《しょくいんしつ》に行《い》くんだよね？」

「そうよ。それがどうかした？」

ふりかえって、ぴよちゃんは首《くび》をかしげる。

「そっち、遠《とお》まわりだよ。」

ぴよちゃんが向《む》かっているのは、校舎《こうしゃ》の中央階段《ちゅうおうかいだん》。でも、教室《きょうしつ》から職員室《しょくいんしつ》まで行《い》くのに、いちばん近《ちか》いのは、北階段《きたかいだん》なんだ。

そうしたら、ぴよちゃんは、何度《なんど》かまばたきしてから「やっちゃった！」とさけんだ。

「去年《きょねん》の教室《きょうしつ》の位置《いち》だと、こっちのほうが近《ちか》かったのよ。だから、ついつい間違《まちが》えちゃうのよね。もう、新学期《しんがっき》が始《はじ》まって二か月《げつ》なのに。……んー、でも、引《ひ》きかえすのも面倒《めんどう》だし、こっちから行《い》こう。あなたたちと、話《はなし》もしたかったしね。」

ごまかすように、照《て》れ笑《わら》いして、ぴよちゃんはまた歩《ある》きだした。

「この荷物《にもつ》を持《も》って、遠《とお》まわり……。」

あきちゃんは、もうやる気《き》を失《うしな》ってるみたい。

「まあまあ。筋肉痛《きんにくつう》になったら、湿布《しっぷ》があるから。あっ、ぎっくり腰《ごし》になったときは、ぜひ神谷《かみや》医院《いいん》へ～……あははは。」

いつもどおりにらまれて、まーくんは逃《に》げるようにぴよちゃんの横《よこ》に走《はし》っていった。

笑《わら》いながら二人《ふたり》のやりとりを見《み》ていたぴよちゃんは、しみじみと言《い》った。

「それにしても、本当《ほんとう》に校舎《こうしゃ》、きれいになったわよね。旧校舎《きゅうこうしゃ》なんて、今《いま》くらいのスピードで走《はし》ったら、ものすごい音《おと》がしたわよ。天然《てんねん》のうぐいすばり、って感《かん》じだったわ。」

たしかに！　と、思《おも》わず言《い》いそうになって、わたしはあわてて口《くち》を閉《と》じた。わたしたちが旧校舎《きゅうこうしゃ》に入《はい》ったたってことは、ナイショなんだった。

「あれ？　でも、その言《い》い方《かた》だと、ぴよちゃんが昔《むかし》、旧校舎《きゅうこうしゃ》にいたことがあるみたいに聞《き》こえるよ？」

ぴよちゃんがこの学校《がっこう》に来《き》たのは、去年《きょねん》だよね。とっくに新校舎《しんこうしゃ》はできているのに。

そうしたら、あきちゃんたちは不思議《ふしぎ》そうな顔《かお》で、わたしをふりかえった。

「あれ？　結子《ゆいこ》、知《し》らなかったの？」と、あきちゃん。

「ぴよちゃんは、この学校《がっこう》の卒業生《そつぎょうせい》だよ。」と、まーくん。

わたしは「ええっ！」と、思《おも》いっきりのけぞった。

「なんで二人《ふたり》とも知《し》ってるの？」

そんなこと、わたしは一言《ひとこと》も聞《き》いた覚《おぼ》えがないのに！　あきちゃんはともかく、まーくんまで知《し》ってるなんて！（あ、ぴよちゃんが女《おんな》の人《ひと》だから？）

ぴよちゃんは、にっ、と笑《わら》った。

「久《ひさ》しぶりに学校《がっこう》に来《き》たとき、びっくりしたわよ。近《ちか》くの公立《こうりつ》よりもボロ校舎《こうしゃ》だったあの小学校《しょうがっこう》が、こんなに近代的《きんだいてき》になってるなんて。もう、食堂《しょくどう》とかコンピュータールームとかホールとか、なにこれ！　って思《おも》ったわよ。」

うーん。わたしたちは、入学《にゅうがく》したときからこの校舎《こうしゃ》だから、あんまり不思議《ふしぎ》な感《かん》じはしないんだけど。受験《じゅけん》のときに「大《おお》きい建物《たてもの》だなぁ。」と思《おも》ったくらいかな。

「先生《せんせい》がいたときは、まだ旧校舎《きゅうこうしゃ》だったの？」

「そうそう。床《ゆか》はぎしぎしいうし、冬《ふゆ》はすごく寒《さむ》いし、たいへんよ。あと、旧校舎《きゅうこうしゃ》の裏《うら》って、さくら森《もり》でしょ。だから、廊下《ろうか》の窓《まど》から森《もり》しか見《み》えないのよ。日《ひ》が落《お》ちたら、怖《こわ》いのなんの！　今《いま》は完全下校《かんぜんげこう》の時間《じかん》になっても、みんな帰《かえ》りたがらないけれど、先生《せんせい》の時代《じだい》は逆《ぎゃく》に、さっさと校舎《こうしゃ》から逃《に》げ出《だ》してたんだから！」

なつかしそうに、ぴよちゃんは目《め》を細《ほそ》めて、階段《かいだん》をおりはじめた。

「じゃあ、旧校舎《きゅうこうしゃ》以外《いがい》で、ぴよちゃんのときからあったものって、なにかある？」

ぴよちゃんはうなずいた。

「あるわよ。体育倉庫《たいいくそうこ》とか、ぼたん池《いけ》とか……体育館《たいいくかん》は、先生《せんせい》が四年生《ねんせい》のときに建《た》て直《なお》したのよね。理科室前《りかしつまえ》の動物《どうぶつ》の剝製《はくせい》も、先生《せんせい》が通《かよ》っていたときからあったし。」

それから、ちょっと首《くび》をすくめて、小《ちい》さく笑《わら》った。

「じつは、教室《きょうしつ》に置《お》いてあるあの花《か》びんもね、先生《せんせい》、昔見《むかしみ》た覚《おぼ》えがあったのよ。」

「えっ!?　うわあっ！」

びっくりして、思《おも》わず、ノートを落《お》としそうになった。

だって、ぴよちゃんが、あの花《か》びんを見《み》たことがあったなんて！

あきちゃんたちも、さすがにびっくりしたみたい。ぎょっとして、立《た》ち止《ど》まってる。

でも、ぴよちゃんは今《いま》、二十五歳《さい》だから……よく考《かんが》えれば、ぴよちゃんが高学年《こうがくねん》のときには、もうパズルクラブは廃部《はいぶ》になっていたんだよね。じゃあ、あの花《か》びんを見《み》た覚《おぼ》えがあっても、おかしくないんだ。

あれ……？　ということは、逆《ぎゃく》に、ぴよちゃんが低学年《ていがくねん》の頃《ころ》って、パズルクラブがまだあった、ってこと？　じゃあ、ぴよちゃん、もしかしたらパズルクラブのこと、知《し》ってるかもしれないんだ！

「き、聞《き》きたい……！」

思《おも》わずつぶやいたら、ぴよちゃんが不思議《ふしぎ》そうに首《くび》をかしげた。

「なにを？」

わたしは急《いそ》いで首《くび》をふった。

「ただのひとりごと！」

危《あぶ》ない危《あぶ》ない。うっかり、よけいなことを言《い》っちゃうところだった。

急《きゅう》に「パズルクラブ」なんて名前《なまえ》を出《だ》したら、ぜったい「どうして？」って聞《き》かれるもんね。かくれてコソコソやってることがバレたらたいへん。どうしても聞《き》かなきゃいけないこと以外《いがい》、できるだけ、疑《うたが》われそうなことは言《い》わないようにしなきゃ。

「ねっ！　先生《せんせい》は、なにクラブに入《はい》ってたの？　剣道《けんどう》クラブ？」

「ううん、陸上《りくじょう》クラブよ。高校《こうこう》までずっと、短距離《たんきょり》一本《いっぽん》。剣道《けんどう》を始《はじ》めたのは、大学《だいがく》に入《はい》ってからなの。」

言《い》われてから、思《おも》い出《だ》した。そういえば、ぴよちゃんは陸上《りくじょう》クラブの顧問《こもん》だ。

「あのときは、こんな形《かたち》でまた小学校《しょうがっこう》に戻《もど》ってくるなんて、想像《そうぞう》してなかったけどね。」

「ぴよちゃん、教師《きょうし》になるのが夢《ゆめ》じゃなかったの？」

「小学校《しょうがっこう》の卒業文集《そつぎょうぶんしゅう》には『かわいいお嫁《よめ》さんになること。』って書《か》いた気《き》がするわ。」

「お嫁《よめ》さん！　じゃあ、ぴよちゃん、もうすぐ夢《ゆめ》かなうんだ！　うわあっ、ぴよちゃんなら、ぜったいかわいいお嫁《よめ》さんになるよ！」

ぴよちゃんは、ちょっと首《くび》をかしげた。

「ほんとに？」

「うん！　もう、ぜったい間違《まちが》いないよ！」

ぴよちゃんはうれしそうに笑《わら》った。口元《くちもと》の小《ち》さなえくぼが、かわいい。

「ぼくも、そう思《おも》うよ。ぴよちゃんはかわいいからねぇ。」

うんうん、と、横《よこ》でまーくんもうなずく。

「……あんたが言《い》うと、いちいちおじさんくさいわね。」

「いやぁ、おじさんだなんて、光栄《こうえい》だなあ。この年《とし》で、おじさんと同《おな》じくらい重《おも》みと深《ふか》みが出《だ》せるなんて、ぼくってすごいねぇ。」

イヤミが通《つう》じているのか、通《つう》じていないのか。まーくんはへらへら笑《わら》っている。もう、突《つ》っ込《こ》むのに疲《つか》れたのか、あきちゃんはため息《いき》をついて、肩《かた》をすくめた。

「ねえねえ、ぴよちゃん、彼氏《かれし》さんと、いつ出会《であ》ったの？」

「大学《だいがく》のときに知《し》り合《あ》ったのよ。学部《がくぶ》は違《ちが》うんだけど、サークルが同《おな》じだったから。」

「サークル？」

「クラブと同《おな》じ意味《いみ》よ。剣道《けんどう》サークルで知《し》り合《あ》ったの。一つ先輩《せんぱい》でね、わたし、剣道《けんどう》は初《しょ》心者《しんしゃ》だったから、すごく親切《しんせつ》に教《おし》えてくれたのよね。」

ぴよちゃんは、ちょっぴりほおを赤《あか》らめた。

「いいねぇ。青春《せいしゅん》だねぇ。」

また、何度《なんど》もうなずくまーくん。これにはぴよちゃんも、ちょっと苦笑《くしょう》した。

「三人《にん》は？　好《す》きな人《ひと》はいないの？」

女《おんな》の子《こ》がナイショ話《ばなし》をするときみたいに、ちょっと声《こえ》をひそめて、ぴよちゃんが言《い》った。

「いっ！　いないよ〜！」

わたしは、ぶんぶん首《くび》をふった。そんなの、考《かんが》えたこともなかったよ。「〇〇ちゃんが、〇〇くんのこと好《す》きなんだって。」とか「〇〇ちゃんと〇〇くん、つきあってるんだって。」っていう話《はなし》はよく聞《き》くけれど、わたしはまだ、そんなこと考《かん》えられないよ。

自分《じぶん》でも、お子《こ》さまだなぁ、って切《せつ》なくなるけれど……。

「内田《うちだ》さんは？」

「……好《す》きな人《ひと》？　考《かんが》えるだけでもおぞましいわ。」

あきちゃんは、低《ひく》い声《こえ》でつぶやく。あきちゃん、人《ひと》が嫌《きら》いだもんね。とくに男《おとこ》の人《ひと》。最《さい》近《きん》、ちょっとマシになってきたかな？　と思《おも》ったけど、今《いま》もやっぱりそうなんだ。

「じゃ、じゃあ、神谷《かみや》くんは？」

返事《へんじ》に困《こま》ったのか、ぴよちゃんは苦《くる》しまぎれに、まーくんをふりかえる。

まーくんは、ため息《いき》をついた。

「恋愛《れんあい》ってむずかしいよねぇ。ぼくは全力《ぜんりょく》で愛《あい》してるんだけど、なかなか相手《あいて》に伝《つた》わらないんだよねぇ。」

「そうなのよね！　神谷《かみや》くん、その気持《きも》ち、すっごくよくわかるわよ！」

目《め》を輝《かがや》かせて、ぴよちゃんは何度《なんど》もうなずいた。

「下手《へた》なことを言《い》って今《いま》の関係《かんけい》がくずれるくらいなら、いっそ、だまっておいたほうがいいんじゃないか、って思《おも》ったりねぇ。」

「そーなのよ！　神谷《かみや》くん、つらい恋《こい》をしているのね。」

「わかってくれる？　ぴよちゃん。」

「もちろんよ！」

目頭《めがしら》を押《お》さえるぴよちゃん。

「あんたはいつでもどこでも女《おんな》の子《こ》がいたら『好《す》き。』って言《い》ってるじゃないの。」って、あきちゃんのひとりごとは、二人《ふたり》には届《とど》かなかったみたい。

「ねえねえ、ぴよちゃんは小学生《しょうがくせい》のとき、好《す》きな人《ひと》いたの？」

「いたいた！　でもね、ふりむいてもらえなかったなあ。ずっとアピールしてたんだけど、全然《ぜんぜん》気《き》づいてもらえなくて。思《おも》い切《き》って告白《こくはく》したけど、返事《へんじ》もちゃんともらえなかった。」

「ええっ！　返事《へんじ》してもらえなかったの？」

ひどいでしょ、と、ぴよちゃんは苦笑《くしょう》する。

「あんまり腹《はら》が立《た》ったから『言《い》いたいことがあるなら、はっきり言《い》いなさいよ、このバカ！』って怒鳴《どな》っちゃった。けっきょく、それきり。今《いま》じゃ連絡先《れんらくさき》もわからないのよね。」

その顔《かお》が、ちょっぴりさみしそうに見《み》えて、わたしは思《おも》わず聞《き》いてしまった。

「今《いま》でも好《す》きなの？」

あははっ、と、ぴよちゃんは笑《わら》う。

「そんなことないわよ。だってわたし、今《いま》、幸《しあわ》せだもん。……でも、もう一回《いっかい》、ちゃんと話《はな》してみたかったかな。結婚《けっこん》したら、もう簡単《かんたん》には会《あ》えないしね。」

しんみりした空気《くうき》になってしまって、ぴよちゃんはあわてて明《あか》るい声《こえ》で言《い》った。

「思《おも》い出話《でばなし》はおしまい！　それより、皆川《みながわ》さんたち、クラブを作《つく》ったのよね。『修理《しゅうり》クラブ』だったっけ？」

「なんでも、いい、なんでも修理《しゅうり》クラブ！」

わたしたちは、声《こえ》をそろえる。もう、どうしてみんなちゃんと覚《おぼ》えてくれないんだろう。まともに名前《なまえ》を言《い》われたこと、あったっけ？　って考《かんが》えちゃうくらい、みんな「なんでも」をつけ忘《わす》れるんだよね。

「ごめん！　間違《まちが》っちゃいけないわよね。それで、それってどんなクラブなの？」

階段《かいだん》をおりきったところで、まーくんはノートを片手《かたて》で抱《かか》え直《なお》して、ポケットからビラを出《だ》した。もう、すっかり宣伝係《せんでんがかり》だ。

ビラを見《み》たぴよちゃんは「へー、すごい！」と目《め》をまるくする。

「なんでも修理《しゅうり》してくれるクラブ……すごくステキなクラブね！」

えへへ、と、わたしたちは、照《て》れ笑《わら》いしてしまった。ぴよちゃんって、いつでもどこでもすごくすなおだから、お世辞《せじ》じゃなくて本当《ほんとう》にそう言《い》ってくれているんだな、って感《かん》じる。

「今《いま》は、どんなものを修理《しゅうり》してるの？」

きらきらした目《め》で、ぴよちゃんはわたしたちを見《み》た。

痛《いた》いところを突《つ》かれて、返事《へんじ》に詰《つ》まったわたしの代《か》わりに、まーくんがにっこり笑《わら》った。

「じゃあ、ぴよちゃんに問題《もんだい》。クラブの時間《じかん》に、ぼくらが校内《こうない》をうろうろしたり、ぴよちゃんの手伝《てつだ》いをしているのは、なぜでしょう？」

ぴよちゃんが、きょとんとした。でも、すぐに答《こた》えが出《で》たみたい。はっ！　としたあと、「よけいなことを言《い》っちゃった！」と言《い》わんばかりに、ひとりであわあわしはじめる。

そのあわてっぷりが、ちょっとかわいそうになってきて、わたしは言《い》った。

「でもね、なんにもしてないわけじゃないんだよ。ちゃんと自分《じぶん》たちで、やることも探《さが》してるし。」

……まあ、ときどき、お茶《ちゃ》飲《の》んでトランプしてたりもするけど。人生《じんせい》ゲーム、十回《かい》くらいやって、まだ一回《かい》もトップになれてないけれど。

「今日《きょう》だって、ちゃんと探《さが》しものをしてるんだから！」

力強《ちからづよ》く言《い》ったら、ぴよちゃんは不思議《ふしぎ》そうな顔《かお》をした。

「……探《さが》しもの？」

「うん。かび――。」

言《い》いかけて、わたしはあわてて口《くち》を閉《と》じた。しまった！　また、うっかり言《い》っちゃうところだった！

「かび？」

ぴよちゃんは、首《くび》をかしげている。

ちらりと、まーくんを見《み》る。でも、にこにこしているだけで、まーくんは助《たす》けてくれそうにない。というよりも、その顔《かお》は、むしろわたしがこのあとどうするか、楽《たの》しんでない？

「かび、って……カビ？」

そうこうしているあいだに、ぴよちゃんの中《なか》では、勝手《かって》にどんどん想像《そうぞう》がふくらんでいっているみたい。

「か、かっ……かかっ……。」

なんとかうまい具合《ぐあい》にごまかそうと思《おも》うんだけれど、なんにも出《で》てこない。

どうしよう……！

いっそ、カビのはえたパンでも落《お》ちてないかと思《おも》って、きょろきょろ探《さが》してみたけれど、当然《とうぜん》、そんなものは落《お》ちてない。そりゃあ、そうだ。

近《ちか》くにあるものといえば、保健室《ほけんしつ》と校長室《こうちょうしつ》。保健室《ほけんしつ》にはポスターがはってある。でも、残念《ざんねん》ながら、役《やく》に立《た》ちそうなものはない。校長室《こうちょうしつ》の前《まえ》なんて、花《はな》がいけてあるだけ。

あっ。でも、この花《か》びん、ちょっと、探《さが》している花《か》びんに似《に》ている気《き》がする。

白《しろ》いし、ふっくらまるい下《した》の部分《ぶぶん》には、緑《みどり》と青《あお》の波線《はせん》が入《はい》っている。カッパがいるかどうかは、葉《は》がじゃまで見《み》えないけれど。

「あ、あれ？　これ、本当《ほんとう》に似《に》てるんじゃ……？」

歩《ある》いているうちに、花《か》びんを見《み》ている方向《ほうこう》が少《すこ》しずつ変《か》わっていく。それと一緒《いっしょ》に、じゃまになっていた葉《は》が少《すこ》しずつずれていく。

そうして、その下《した》に小《ちい》さなカッパを見《み》つけた瞬間《しゅんかん》、わたしはさけんだ。

「あったぁ――――！」

職員室《しょくいんしつ》にノートを届《とど》けると、わたしたちはすぐに校長室《こうちょうしつ》に向《む》かった。

校長室《こうちょうしつ》に入《はい》るのは、これで二回目《かいめ》。一回目《かいめ》は、クラブ申請《しんせい》をしたときだから、約《やく》二か月《げつ》ぶりだ。

「今日《きょう》は、どうしたのですか？」

いつもどおり、おだやかな顔《かお》の校長先生《こうちょうせんせい》は、今日《きょう》も正面《しょうめん》のゆったりしたイスに腰《こし》かけて、ゆっくりと言《い》った。

「あのっ、入《い》り口《ぐち》の花《か》びんなんですけど……。」

「入《い》り口《ぐち》の花《か》びん？　ああ、花《はな》がいけてある、あれですね。気《き》づいてくれましたか。ほかのところは、くまさんにおまかせしているんですけれどね、あそこだけは、わたしが毎日《まいにち》世話《せわ》をしているんですよ。なかなか、くまさんほどはうまくいきませんけれどね。」

にこやかに笑《わら》う校長先生《こうちょうせんせい》。そんなふうに言《い》われると、この先《さき》の話《はなし》が、すごく切《き》り出《だ》しにくいよ……。

でも、だまっているわけにはいかない。せっかく見《み》つけた、三つ目《め》の花《か》びんなんだもん。わたしは思《おも》い切《き》って言《い》った。

「あの花《か》びん、ください！」

さすがに、校長先生《こうちょうせんせい》も、そんなことを言《い》われると思《おも》っていなかったんだろう。ちょっと、返事《へんじ》まで間《ま》があいた。

「なぜ、あの花《か》びんが欲《ほ》しいのですか？」

怒《おこ》りも変《へん》な顔《かお》もしないで、校長先生《こうちょうせんせい》は静《しず》かにそう言《い》った。

花《か》びんが欲《ほ》しい、理由《りゆう》……。

なんて答《こた》えていいのかわからなくて、わたしはまーくんとあきちゃんをふりかえった。

ここで、花《か》びんが欲《ほ》しい理由《りゆう》を正直《しょうじき》に話《はな》せば、それはそのまま、わたしたちが宝探《たからさが》しをしていることが、校長先生《こうちょうせんせい》にわかってしまう。

でも、もし引《ひ》きとめられたり、なにか言《い》われたりしたら……と思《おも》うと、正直《しょうじき》に話《はな》していいのかわからない。

ちらりと、校長先生《こうちょうせんせい》を見《み》てみる。校長先生《こうちょうせんせい》は、じっとこっちを見《み》つめていた。優《やさ》しい目《め》だけれど、そこに宿《やど》っている光《ひかり》はすごくするどい。……だめだ。たとえウソをついても、校長先生《こうちょうせんせい》をだませる気《き》がしない。

だまっていたら、校長先生《こうちょうせんせい》が、ふと口《くち》を開《ひら》いた。

「あの花《か》びんは、十五年前《ねんまえ》、パズルクラブに入《はい》っていた生徒《せいと》が残《のこ》したものです。」

わたしは思《おも》わず、目《め》を見開《みひら》いた。まーくんとあきちゃんも、びっくりしたみたいに、はっと顔《かお》をあげた。

そんなわたしたちをくるりと見《み》まわしてから、校長先生《こうちょうせんせい》は、ゆっくりと立《た》ちあがった。

席《せき》から離《はな》れた校長先生《こうちょうせんせい》は、まるで壇上《だんじょう》に上《あ》がるときのように、ゆったりとした歩調《ほちょう》で、横《よこ》を通《とお》り過《す》ぎていく。

廊下《ろうか》に出《で》ていった校長先生《こうちょうせんせい》を追《お》いかけて、わたしたちもあわてて廊下《ろうか》へ飛《と》び出《だ》した。

校長先生《こうちょうせんせい》は、校長室《こうちょうしつ》の入《い》り口《ぐち》にかざられた花《か》びんを見《み》おろしながら、言《い》った。

校

「当時《とうじ》のクラブ長《ちょう》は、わたしに言《い》いました。『いつか、この花《か》びんが欲《ほ》しいという生徒《せいと》が現《あらわ》れます。その子《こ》たちが取《と》りに来《く》るまで、これをあずかっておいてください。』と。」

わたしは、そこでようやく気《き》づいた。

校長先生《こうちょうせんせい》は、はじめからこの花《か》びんになにかがかくされていることを、知《し》っていたんだ。

「無理《むり》に理由《りゆう》を聞《き》こうとは思《おも》っていませんよ。では、質問《しつもん》の仕方《しかた》を変《か》えましょうか。あなたたちは、パズルクラブのクラブ長《ちょう》が言《い》う『花《か》びんを取《と》りに来《き》た子《こ》どもたち』ですか？」

今度《こんど》は、わたしはまーくんにもあきちゃんにも、助《たす》けを求《もと》めなかった。

校長先生《こうちょうせんせい》の目《め》をまっすぐに見《み》かえして、わたしはうなずいた。

「はい。」

校長先生《こうちょうせんせい》は、にっこり笑《わら》った。

「わかりました。では、この花《か》びんはお渡《わた》ししますね。」

三つの花《か》びんが見《み》つかった。

三つ目《め》の花《か》びんの底《そこ》に書《か》いてあったのは「ん」の文字《もじ》だった。

「び」「か」「ん」

これで、花《か》びんの底面《ていめん》の文字《もじ》は三つ集《あつ》まったことになる。

「あとは、この石膏《せっこう》の中《なか》に入《はい》っている文字《もじ》を取《と》り出《だ》すだけだよね。」

教室《きょうしつ》の花《か》びんも借《か》りてきて（今度《こんど》はちゃんと、ぴよちゃんに「借《か》ります。」と言《い》ってきた）、用務員室《ようむいんしつ》のテーブルには、今《いま》、三つの花《か》びんがのっている。

「ゆっちゃん、やれそう？」

まーくんが、心配《しんぱい》そうに顔《かお》をのぞき込《こ》んでくる。

「わかんない。でも、なんとかしないと。」

ぴよちゃんには「借《か》りるね！」と言《い》っただけで「壊《こわ》すね！」とは言《い》っていない。だからなんとしても、花《か》びんを傷《きず》つけずに、なんとかカードだけ抜《ぬ》き取《と》らなきゃ。

用具箱《ようぐばこ》の中《なか》から、アイスピックと金《かな》づちを出《だ》してきて、石膏《せっこう》の部分《ぶぶん》をコツンとたたいた。固《かた》い……。十五年《ねん》もたっているせいか、弱《よわ》い力《ちから》じゃ、びくともしない。

けれど、思《おも》いっきり力《ちから》を込《こ》めて、ガツン！　なんてやっちゃったら、花《か》びんも一緒《いっしょ》に真《ま》っ二《ぷた》つになってしまう。そうならないように、力《ちから》を加減《かげん》しながら何度《なんど》もたたいていると、やがて、石膏《せっこう》にひびが入《はい》った。

じっくりじっくり時間《じかん》をかけて、石膏《せっこう》だけを砕《くだ》いていく。破片《はへん》をていねいに取《と》り除《のぞ》いていくと、やがて石膏《せっこう》の中《なか》から、カードのはしが見《み》えてきた。

「あった！」

「結子《ゆいこ》、そこからあせっちゃだめよ。」

「うん。……気《き》をつける！」

一度《いちど》、大《おお》きく深呼吸《しんこきゅう》して、心《こころ》を落《お》ち着《つ》けてから、続《つづ》きの作業《さぎょう》にとりかかる。

よしっ。一つ目《め》、取《と》り出《だ》し成功《せいこう》！

表面《ひょうめん》の白《しろ》い粉《こな》をはらうと、一枚目《まいめ》と同《おな》じように、下《した》に数字《すうじ》が見《み》えた。

「『3』だねえ。」

横《よこ》からのぞいたまーくんが言《い》った。

うなずいて、わたしはカードをまーくんに渡《わた》すと、もう一つの花《か》びんを取《と》った。

今度《こんど》は、校長先生《こうちょうせんせい》からもらってきた花《か》びん。さっきと同《おな》じように、アイスピックの背《せ》を金《かな》づちでたたいていく。

さっきまで校長先生《こうちょうせんせい》が使《つか》っていたから、湿《しめ》っているのかもしれない。さっきほど固《かた》くはないけれど、思《おも》ったよりひびが入《はい》らない。

なかなかうまくいかないなぁ、と思《おも》いながら、金《かな》づちをふり下《お》ろしたとき、

「どわあっ！」

野太《のぶと》い悲鳴《ひめい》が廊下《ろうか》から聞《き》こえて、どんっ、とドアになにかがぶつかった。

びっくりして思《おも》わず手《て》を引《ひ》いてしまったせいで、アイスピックの位置《いち》がずれた。

――しまった！

思《おも》ったときには、もう遅《おそ》かった。ふり下《お》ろした金《かな》づちが、まともに花《か》びんの底《そこ》をたたく。

ピシッ……。

小《ちい》さな音《おと》がして、陶器《とうき》の底《そこ》に、まるで稲妻《いなずま》みたいなするどい亀裂《きれつ》がはしる。

きれいに一拍《ぱく》あけて、

「ぎゃあああああっ！」

わたしの悲鳴《ひめい》と一緒《いっしょ》に、用務員室《ようむいんしつ》のドアが開《あ》いた。

「いやあ、びっくりした。ドアを開《あ》けようとして、段《だん》ボール箱《ばこ》、落《お》としそうになったぞ。なんとか、ドアが支《ささ》えになったから、落《お》とさずにすんだがな。あーよかったよかった。」

「くーまーさーん！」

あきちゃんが、ものすごい形相《ぎょうそう》でくまさんをにらみつける。

「……ん？　どうした？」

なにも知《し》らないくまさんは、段《だん》ボール箱《ばこ》を床《ゆか》におろして、きょとんとこっちを見《み》ている。

「くまさんがいきなり大《おお》きな音《おと》をさせるから、結子《ゆいこ》の手元《てもと》がくるって、花《か》びんが割《わ》れちゃったじゃないの！」

「お？　……おおうっ、それはすまん……？」

とりあえず、くまさんはそう言《い》ったけれど、語尾《ごび》が完全《かんぜん》に疑問形《ぎもんけい》。たぶん、早口《はやくち》で怒《おこ》られたことにびっくりして、勝手《かって》に口《くち》から出《で》てきたんだと思《おも》う。

さらに怒鳴《どな》ろうとしたあきちゃんを、わたしはあわてて押《お》さえた。

「いいよ、あきちゃん。わたしがちゃんと押《お》さえてなかったのが悪《わる》いだけだから。」

そう。本当《ほんとう》に集中《しゅうちゅう》していれば、音《おと》なんかにびっくりしないはずなんだ。たぶん、一つ目《め》が成功《せいこう》したから、二つ目《め》もうまくいくって、油断《ゆだん》していたんだと思《おも》う。全部《ぜんぶ》、わたしのミス。くまさんは、悪《わる》くない。

それで、冬山《ふゆやま》のオオカミ化《か》していたあきちゃんは、とりあえず、秋山《あきやま》のオオカミくらいまで落《お》ち着《つ》いた。

わたしは、ひびの入《はい》ってしまった花《か》びんを見《み》おろして、一つため息《いき》をついた。

ひびは入《はい》ってしまったけれど、そこまでひどい傷《きず》じゃない（といっても、水《みず》を入《い》れる花《か》びんには致命傷《ちめいしょう》だけれど……）。これ以上《いじょう》、ひびが大《おお》きくならないように、ここから先《さき》は、今《いま》まで以上《いじょう》に気《き》をつけないと。

さっきの倍《ばい》の時間《じかん》をかけて、石膏《せっこう》を砕《くだ》いていく。

三人《にん》に見守《みまも》られて、ようやく、最後《さいご》の一枚《まい》が、石膏《せっこう》の中《なか》から顔《かお》をのぞかせた。

現《あらわ》れた字《じ》は「1」。

——これで、すべてのヒントがそろった。

6 宝物《たからもの》はどこ？

まーくんは、今《いま》までに見《み》つけたカードと、花《か》びんの底面《ていめん》に書《か》いてあった文字《もじ》を書《か》き写《うつ》した紙《かみ》、それに校歌《こうか》とあのヒントの紙《かみ》をテーブルに並《なら》べた。

「び」の文字《もじ》の花《か》びんには「3」。

「か」の文字《もじ》の花《か》びんには「2」。

「ん」の文字《もじ》の花《か》びんには「1」。

わたしたちは、テーブルのまわりで「うーん。」と、うなった。

くまさんは、さっきのことを気《き》にしているのか、それともただ用事《ようじ》を思《おも》い出《だ》しただけか、ヒントが見《み》つかるとすぐに、用務員室《ようむいんしつ》から出《で》ていった。

「『び』が『3』、『か』が『2』、『ん』が『1』かぁ……。」

あごに手《て》を当《あ》てて、まーくんがつぶやく。

「び、か、ん、の三文字《もじ》を並《なら》べかえると『かびん』になるわね。」

あきちゃんが言《い》った。

たしかにそのとおりだ。花《か》びんに書《か》かれた『かびん』の文字《もじ》。この順番《じゅんばん》は、なにか意味《いみ》がありそうな気《き》がする。

「数字《すうじ》の順《じゅん》に並《なら》べる、という方法《ほうほう》もあると思《おも》うけれどねぇ。」

それも、ありえない話《はなし》じゃない。でも、数字《すうじ》どおりにひらがなを並《なら》べかえると、

『んかび』

そんな日本語《にほんご》はないし、そこから連想《れんそう》できるものって……なにも思《おも》いつかない。

「だいたい、一文字目《もじめ》に『ん』がくる時点《じてん》でおかしくない？」

「そうだねぇ。ぼくも、最初《さいしょ》に『ん』がくる言葉《ことば》は知《し》らないねぇ。」

まーくんは、にこにこ笑《わら》っているけれど、それ、さっき自分《じぶん》で言《い》った推理《すいり》を自分《じぶん》で全否《ぜんぴ》定《てい》しているんだって、わかってるのかな。

「そもそも、校歌《こうか》がどう絡《から》んでくるのかがわからないのよね。六十六文字《もじ》をかぞえたところまではいいけれど、その先《さき》の利用方法《りようほうほう》が、まったく思《おも》いつかないわ。」

そこでまた、ふりだしに戻《もど》って、三人《にん》でため息《いき》。

そうしたら、ふいにコンコン、とドアをたたく音《おと》がした。わたしは、ドアをふりかえる。

「はーい!」

カチャン、とドアが開《あ》く。顔《かお》を出《だ》したのは祐《ゆう》にいだった。

「わっ! 祐《ゆう》にいだ!」

ぱっとかけ寄《よ》ったわたしに、

「がんばってるな。ほら、さし入《い》れだ。」

祐《ゆう》にいは、そう言《い》って、ビニール袋《ぶくろ》をさし出《だ》した。

開《あ》けてみると、白《しろ》い紙《かみ》に包《つつ》まれた肉《にく》まんが三つ、ほこほこと湯気《ゆげ》をあげていた。肉《にく》まんのてっぺんには、小《ちい》さな桜《さくら》の焼《や》き印《いん》が押《お》してある。

「桜中《さくらちゅう》・高限定販売《こうげんていはんばい》、購買《こうばい》の特製肉《とくせいにく》まんだ。うまいぞ!」

「うわぁ〜っ! 祐《ゆう》にい、ありがとう!」

わたしとまーくんは、歓声《かんせい》をあげて肉《にく》まんに飛《と》びついた。あきちゃんも「食《た》べ物《もの》につられたりしないわよ。」って顔《かお》をしながらも、しっかり肉《にく》まんをつかんでいる。

……ん？　でも、三つっていうことは、今《いま》、ここで食《た》べたら、祐《ゆう》にいのぶんがない。

そんなわたしの心《こころ》を読《よ》み取《と》ったみたいに、祐《ゆう》にいは、にっ、と笑《わら》った。

「俺《おれ》、ここに着《つ》くまで我慢《がまん》できなくて、途中《とちゅう》で食《く》ってきたんだ。」

ほら、と祐《ゆう》にいはポケットから、肉《にく》まんが包《つつ》んであった紙《かみ》を出《だ》した。中身《なかみ》を食《た》べつくされた紙《かみ》は、ぺしゃんこになっている。

「じゃあ、いただきます！」

わたしたちはさっそく、肉《にく》まんをほおばる。買《か》ってすぐに持《も》ってきてくれたんだろう。ふかふかの皮《かわ》はほっこり温《あたた》かくて、中《なか》の具《ぐ》はアツアツ。

中華《ちゅうか》まんは「冬《ふゆ》！」っていうイメージがあるけれど、わたしは年中大好《ねんじゅうだいす》き。暑《あつ》いときに、はふはふ言《い》いながら肉《にく》まんを食《た》べるのって、すごくぜいたくな感《かん》じがする。

祐《ゆう》にいは、わたしたちが夢中《むちゅう》で肉《にく》まんを食《た》べるのを、目《め》を細《ほそ》めて満足《まんぞく》そうに見《み》ている。

こういうときの優《やさ》しい顔《かお》は、やっぱりくまさんと似《に》ているよね。

そう思《おも》って、にやにやしていたら、ふと、祐《ゆう》にいの視線《しせん》が、テーブルのそばで止《と》まった。

「なあ、なんで同《おな》じ花《か》びんが三つもあるんだ？」

「ふぇ？　ひっへははっはっへ？」

肉《にく》まんをもふもふほおばったまま言《い》ったら、祐《ゆう》にいは笑《わら》った。

「口《くち》の中《なか》をカラにしてから話《はな》せよ。なに言《い》ってるのか、さっぱりわからないだろ。」

あわてて口《くち》の中《なか》に残《のこ》っていた肉《にく》まんを飲《の》み込《こ》んで、わたしは言《い》った。

「言《い》ってなかったっけ？　これね、宝探《たからさが》しのヒントなんだよ。」

わたしは今《いま》までのことを、祐《ゆう》にいに説明《せつめい》した。今《いま》、中学生《ちゅうがくせい》の祐《ゆう》にいも、正確《せいかく》には「未来《みらい》の桜小生《さくらしょうせい》」には入《はい》らないと思《おも》うけれど、ヒントを残《のこ》した人《ひと》も、祐《ゆう》にいになら、言《い》っても怒《おこ》らないような気《き》がしたんだ。

祐《ゆう》にいは、わたし（と、ときどきまーくん）の説明《せつめい》と、テーブルの上《うえ》のヒントを眺《なが》めて、目《め》を輝《かがや》かせた。

「おもしろいことしてるな。で、これがヒントなのか。」

「うん。……でも、まだ全然《ぜんぜん》わかんないんだよね。」

「この校歌《こうか》が、くせものだよねぇ。」

わたしとまーくんは、顔《かお》を見合《みあ》わせてうなずき合《あ》った。

ようやく手《て》がかりを全部見《ぜんぶみ》つけたけれど、むしろ、ここまではただの準備体操《じゅんびたいそう》。ここから本番《ほんばん》みたいなものだもん。

「うーん……。」

肉《にく》まんを食《た》べる手《て》を止《と》めて、わたしたちはうなってしまった。

みんなが無言《むごん》で考《かんが》え込《こ》んでいると、またドアが開《あ》いた。今度《こんど》はくまさんだ。

前回《ぜんかい》のことが、まだ尾《お》をひいているのか、やたら慎重《しんちょう》にドアを開《あ》けて、隙間《すきま》からそろりと中《なか》に入《はい》ってくる。

「おっ。祐介《ゆうすけ》、来《き》てたのか。最近《さいきん》よく来《く》るな。なにか用《よう》か？」

「親父《おやじ》じゃなくて『なんでも修理《しゅうり》クラブ』に、だけどな。」

あっさり言《い》われて、くまさんの背中《せなか》が、心《こころ》なしかまるくなった。息子《むすこ》に、軽《かる》くあしらわれる父親《ちちおや》……ちょっとかわいそうかも。

くまさんは、のそのそと自分《じぶん》のなわばりに向《む》かう。

でもその途中《とちゅう》、ちらりとこっちを見《み》て、くまさんは動《うご》きを止《と》めた。

視線《しせん》の先《さき》には、花《か》びん——じゃなくて、わたしの肉《にく》まん。

「おまえら、堂々《どうどう》としすぎだろう。」

苦笑《くしょう》するくまさんに、

「あっ、これ、半分《はんぶん》あげる！」

わたしは残《のこ》っていた肉《にく》まんを半分《はんぶん》に割《わ》って、くまさんにさし出《だ》した。

校内《こうない》で飲食《いんしょく》する方法《ほうほう》は、ただ一つ。大人《おとな》を巻《ま》き込《こ》めばいいんだ。

バレンタインデー、チョコを持《も》ってくるのを禁止《きんし》されそうになったら、すかさず先生《せんせい》にもチョコをあげる。それと同《おな》じこと。

だって、天使《てんし》のようなほほえみでチョコを渡《わた》されて、断《ことわ》れる先生《せんせい》はめったにいないしね。もらった先生《せんせい》は、ほかの先生《せんせい》に「生徒《せいと》からチョコをもらった。」なんて言《い》えないから、これで晴《は》れて生徒《せいと》の味方《みかた》。

ちなみに、わたしたちのあいだでは、この方法《ほうほう》を「口封《くちふう》じ」って呼《よ》んでいる。

「おまえらは本当《ほんとう》に……。」

くまさんは、渋《しぶ》い顔《かお》をしながらも、わたしから肉《にく》まんを受《う》け取《と》った。それをそのまま、まるっと口《くち》にほうり込《こ》む。

「あーっ！　一口《ひとくち》で全部《ぜんぶ》食《た》べた！　もったいない！」

黙々《もくもく》と口《くち》を動《うご》かしながら、くまさんは無言《むごん》で首《くび》をふる。

「せっかくの肉《にく》まんなのに、味《あじ》わって食《た》べないなんて、くまさん、わかっていないわね。」

「そうだよ。せっかくの特製肉《とくせいにく》まんなんだから。もっとゆっくり食《た》べないとねぇ。」

なにか言《い》いたいみたいだけれど、口《くち》がいっぱいでしゃべれないみたい。くまさんは、目《め》を閉《と》じてだまって攻撃《こうげき》を受《う》け止《と》めている。

しばらくして、ようやく口《くち》の中《なか》がカラになったんだろう。最後《さいご》に、なわばりに置《お》いてあったお茶《ちゃ》（いつの？）を飲《の》んで、くまさんは言《い》った。

「味《あじ》わって食《た》べたいものほど、大口《おおぐち》でかぶりつくのが、食《た》べ物《もの》にたいする礼儀《れいぎ》ってもんだ。ちびちび食《た》べても、味《あじ》がわからんだろう。」

「えーっ、わかるよ！」

「だいたい、食《た》べ物《もの》はゆっくりよくかんで食《た》べるのが、いちばん体《からだ》にもいいからねぇ。くまさん、そんな食《た》べ方《かた》をしていると、食《た》べ過《す》ぎになるよ。」

「そうよね。もう、年《とし》なんだし。あまり無理《むり》な食《た》べ方《かた》はしないほうが身《み》のためよ。」

だまって見守《みまも》っていた祐《ゆう》にいも、ははは っ！ と声《こえ》をあげて笑《わら》いだした。

さらにげっそりしたくまさんは「あーはいはい。わかったわかった。」と投《な》げやりに答《こた》えて、すごすごとなわばりに戻《もど》っていく。

「あー……肉《にく》まん、減《へ》っちゃった。」

四分《ぶん》の一になった肉《にく》まんを見《み》つめて、わたしはちょっとしょんぼり。せっかく祐《ゆう》にいにもらったのになぁ。

「そりゃあ、割《わ》ったらそのぶんなくなるよ。それより、具《ぐ》が落《お》ちそうで怖《こわ》いんだけどねえ。」

自分《じぶん》のぶんはしっかりにぎったまま、まーくんはくすくす笑《わら》う。

「え？　うわあっ、ほんとだ！」

もう少《すこ》しでこぼれ落《お》ちそうなタマネギと肉《にく》を、わたしはあわてて口《くち》にほうり込《こ》む。

そのまま、残《のこ》りの肉《にく》まんをかじりながら、わたしは、ふと顔《かお》をあげた。

割《わ》って、出《で》てくる……？

「もしかして！」

わたしは、急《いそ》いでテーブルに戻《もど》ると、校歌《こうか》を見《み》た。

——もし、わたしの考《かんが》えが正《ただ》しかったら、きっとここにあるはずだ。

はやる気持《きも》ちを抑《おさ》えて、わたしは校歌《こうか》を目《め》で追《お》っていく。

「どうしたの？」

わたしの異変《いへん》に気《き》づいたあきちゃんが、手元《てもと》をのぞき込《こ》んでくる。

「ちょっと待《ま》って……あ、あった！」

もう一度《いちど》、はじめから見直《みなお》してたしかめてみる。……うん、やっぱり間違《まちが》いない。

「ゆっちゃん、なにかわかった？」

まーくんに聞《き》かれて、わたしはうなずいた。

「一から最後《さいご》は六十六、数《かず》をかぞえて見《み》つけるんだよ！」

「……それは、わかってるわよ。その意味《いみ》を聞《き》いているの。」

あきちゃんが、ちょっと不満《ふまん》そうに顔《かお》をしかめる。

わたしは、ペンを出《だ》すと、校歌《こうか》の文字《もじ》の横《よこ》に、一つずつ数字《すうじ》を書《か》いていった。

1み2ど3り4め5ぶ6く　7さ8く9ら10の11や12ま13に
14き15ぼ16う17に18み19ち20た　21あ22さ23が24く25る
26つ27よ28い29ち30か31ら　32と33も34に35は36ぐ37く38む
39じ40し41ゅ42そ43う44ぞ45う46の　47い48ず49み50と51な52ら53ん
54わ55れ56ら57の58ま59な60び61や　62こ63こ64に65あ66り

まず、こうしてヒントどおり「一から六十六まで、数《かず》をかぞえ」てみる。
それが終《お》わったら、次《つぎ》は「数《かず》をかぞえて見《み》つける」んだ。
「この中《なか》に『か』と『び』と『ん』の文字《もじ》があるの。」
わたしは、今度《こんど》は赤《あか》ペンを出《だ》して、三つの文字《もじ》にまるをつけた。
そう。この校歌《こうか》の中《なか》には、「か」と「び」と「ん」が一文字《ひともじ》ずつ入《はい》っているんだ。
あきちゃんとまーくん、それに祐《ゆう》にいとくまさんまで、校歌《こうか》を真剣《しんけん》な顔《かお》で見《み》つめている。

「……それで、続《つづ》きは？」

祐《ゆう》にいが、催促《さいそく》する。わたしはうなずいて、言《い》った。

「この三文字《もじ》の花《か》びんの中《なか》には、それぞれ一つずつ、数字《すうじ》がかくしてあったでしょ。」

四人《にん》がいっせいにうなずく。

「この、数字《すうじ》の見《み》つけ方《かた》がポイントだったんだよ。」

「数字《すうじ》の見《み》つけ方《かた》？」

まーくんとあきちゃんの、？マークだらけの声《こえ》が、きれいに重《かさ》なる。

うん、と、わたしはうなずいた。

「いちばん楽《らく》な方法《ほうほう》で見《み》つければ、たぶんもうちょっと、早《はや》くわかったんだと思《おも》うんだけど……もし、ふつうの——なんにも道具《どうぐ》を持《も》っていない人《ひと》だったら、この花《か》びんから、どうやって数字《すうじ》のカードを取《と》り出《だ》したと思《おも》う？」

みんなが、またまり込《こ》む。

「……そうか。」

まるをつけた校歌《こうか》と、カードの数字《すうじ》を見《み》ていたまーくんが、はっと顔《かお》をあげた。

「割《わ》るんだ！」

わたしは、もう一度《いちど》うなずいた。さすが、数字《すうじ》に強《つよ》いまーくんだよ。

「まあ、たしかにてっとり早《ばや》いと思《おも》うが、俺《おれ》にはさっぱりわからんぞ……？」

ひたすら首《くび》をひねるくまさん。

「二人《ふたり》でわかり合《あ》っていないで、ちゃんと説明《せつめい》しなさいよ。」

あきちゃんが、静《しず》かに怒《いか》りはじめたから、わたしはあわてて続《つづ》けた。

「文字《もじ》にふった番号《ばんごう》がポイントなの。まず『か』は三十文字《もじ》目《め》、『び』は六十文字《もじ》目《め》、『ん』は五十三文字《もじ》目《め》でしょ。」

うん、うん、と、みんながうなずく。

「それで、花《か》びんを割《わ》ると、それぞれ数字《すうじ》が出《で》てくる。」

新《あたら》しい紙《かみ》を出《だ》してきて、わたしはそこに大《おお》きく書《か》いた。

花《か》びんの「か」(三十文字《もじ》目《め》)↓花《か》びんを「割《わ》る」↓「2」のカード↓答《こた》えは？

「つまり『三十を二で割《わ》れ。』ってこと？　……ただのギャグじゃないの。こんなのにふりまわされていたわけ？」

ちょっと、げんなりしているあきちゃんに、

「そう！」

と、わたしとまーくんが、同時《どうじ》に言《い》った。わかってしまえば「なにそれ！」だけれど、でも、たぶん――ううん、間違《まちが》いなく、これが答《こた》えなんだと思《おも》う。

「で、三十を二で割《わ》ると、答《こた》えは十五。この校歌《こうか》の中《なか》で、十五文字目《もじめ》は『ぼ』でしょ。」

続《つづ》けて、あとの二文字《もじ》も解《と》いていく。

「び」は六十文字目《もじめ》。60÷3＝20。二十文字目《もじめ》は「た」。

「ん」は五十三文字目《もじめ》。53÷1＝53。そのまま五十三文字目《もじめ》で「ん」。

変換《へんかん》した文字《もじ》を「かびん」と同《おな》じ順番《じゅんばん》で読《よ》むと、答《こた》えは「ぼたん」。

そうして、この学校《がっこう》では、その答《こた》えに結《むす》びつく場所《ばしょ》は一か所《しょ》しかない。

「ぼたん池《いけ》だ！」

わたしたちは、声《こえ》をそろえた。

7 小《ち》さな告白《こくはく》

答《こた》えがわかるのと同時《どうじ》に、わたしたちは用務員室《ようむいんしつ》を飛《と》び出《だ》した。

グラウンドに出《で》たところで、時計《とけい》は午後《ごご》五時《じ》三十分《ぷん》。ふつうにグラウンドにいるぶんには、まだそんなに暗《くら》くはない。

けれど、旧校舎《きゅうこうしゃ》に光《ひかり》をさえぎられるせいで、さくら森《もり》はもう薄暗《うすぐら》かった。

今日《きょう》は風《かぜ》が強《つよ》いせいか、木《き》がざわざわと揺《ゆ》れる音《おと》も、竹《たけ》がみしみしパキパキと鳴《な》る音《おと》も、いつもよりずっと大《おお》きい。いつもなら不気味《ぶきみ》すぎて、すぐに逃《に》げ出《だ》すところだけれど、今日《きょう》は気《き》にもならなかった。

一直線《いっちょくせん》にぼたん池《いけ》まで走《はし》っていくと、わたしは「授業時《じゅぎょうじ》以外《いがい》、立《た》ち入《い》り禁止《きんし》」の看板《かんばん》がかかっているフェンスを、ひょいっと乗《の》り越《こ》えた。

ぼたん池《いけ》は、けっこう大《おお》きい。ここに埋《う》めてある「なにか」を探《さが》せ、と言《い》われただけなら、たぶん、途方《とほう》にくれてしまうと思《おも》う。

でも、この池《いけ》のどこを探《さが》せばいいのか、わたしにはもうわかっていた。

――ぼくらの宝《たから》は、真《ま》ん中《なか》に埋《う》めた。

この池《いけ》の真《ま》ん中《なか》で、宝《たから》が埋《う》められるような場所《ばしょ》。それは中央《ちゅうおう》の二つの島《しま》しかない。

くまさんに借《か》りてきたシャベルを二つ、あきちゃんから受《う》け取《と》ってフェンスの内側《うちがわ》に入《い》れる。

「こ、こっちも早《はや》く……！」

少《すこ》し遅《おく》れてやってきたまーくんが抱《かか》えていたはしごを、三人《にん》がかりで池《いけ》にかけた。

急《きゅう》に謎《なぞ》の物体《ぶったい》が近《ちか》づいてきたせいか、島《しま》で休憩《きゅうけい》していたカメたちが、あわてて水《みず》に飛《と》び込《こ》んでいく。こういうときのカメの動《うご》きって、びっくりするくらい速《はや》い。

「よし！」

念《ねん》のため、体重《たいじゅう》をかけてみて、はしごが折《お》れないかたしかめてみる。うん、大丈夫《だいじょうぶ》。

ちょっと怖《こわ》いけれど、これで、島《しま》までぬれずに渡《わた》れそう。

「じゃあ、一番《ばん》行《い》きます！」

わたしは両方《りょうほう》のシャベルを抱《かか》えて、はしごを渡《わた》っていった。ぎしっぎしっと、金属《きんぞく》のはしごは、鈍《にぶ》い音《おと》をたてて大《おお》きくたわむ。

「結子《ゆいこ》、勇気《ゆうき》あるわね。わたし、このスピードでは渡《わた》れないわ。」

あきちゃんの声《こえ》が、背中《せなか》から聞《き》こえてくる。

「まあ、ゆっちゃんだから、できるんだろうねぇ。ぼくも無理《むり》だなあ、これは。」

二人《ふたり》がそんなこと言《い》っているあいだに、わたしは無事《ぶじ》、島《しま》に到着《とうちゃく》。

「次《つぎ》、あんたが行《い》く？」

「いやぁ、ここは、レディーファーストで。」

あきちゃんとまーくんは、あまり橋《はし》を渡《わた》りたくないのか、お互《たが》いにゆずり合《あ》っている。けれども、そんな言《い》い合《あ》いをしている場合《ばあい》じゃないと気《き》づいたのか、最終的《さいしゅうてき》にあきちゃんがはしごに足《あし》をかけた。

あきちゃんが渡《わた》ってくるあいだに、わたしは手前《てまえ》の島《しま》から、奥《おく》の島《しま》へ移《うつ》った。島《しま》と島《しま》のあいだは、五十センチくらいしかないから、ここはジャンプでクリア。

「はあ……。無駄《むだ》に緊張《きんちょう》したわ。」

なんとか無事《ぶじ》にはしごを渡《わた》り終《お》えたあきちゃんは、ぼやきながらもシャベルを手《て》に取《と》って、さっそく手前《てまえ》の島《しま》を掘《ほ》りはじめた。

最後《さいご》に渡《わた》ってきたまーくんも、移植《いしょく》ごてで地道《じみち》に掘《ほ》り起《お》こす。

池《いけ》の中央《ちゅうおう》にあるからか、それとも、日陰《ひかげ》でこのあいだの雨《あめ》の影響《えいきょう》がまだ残《のこ》っているのか、土《つち》はしっとりと湿《しめ》っている。

せまい島《しま》だから、掘《ほ》りだした土《つち》を置《お》くスペースもあまりない。掘《ほ》れば掘《ほ》るほど、土《つち》が足《あし》にかかって、靴《くつ》が埋《う》まっていく。

でも、いくら汚《よご》れても、誰《だれ》も文句《もんく》なんて言《い》わなかった。

ここに、宝《たから》がある。十五年《ねん》も前《まえ》に埋《う》められた宝《たから》が！

そう思《おも》うだけで、胸《むね》がどきどきしてくる。

夢中《むちゅう》でわたしたちが土《つち》を掘《ほ》り進《すす》めるのを、住人《じゅうにん》（？）のカメとフナが、ときどきちょこんと池《いけ》から顔《かお》を出《だ》してのぞいてくる。

ごめんね。終《お》わったら、ちゃんと元《もと》に戻《もど》すから！

心《こころ》の中《なか》で謝《あやま》りながら、わたしは夢中《むちゅう》で土《つち》を掘《ほ》り続《つづ》けた。

どれくらい、たっただろう。

穴《あな》の深《ふか》さがひざ丈《たけ》くらいになった頃《ころ》、シャベルの先《さき》に、ごつ、と、今《いま》までと違《ちが》う固《かた》いものが当《あ》たる感触《かんしょく》がした。

そっとシャベルの先《さき》で探《さぐ》ってみると、土《つち》の中《なか》にビニールが見《み》えた。

「ここ、なにかあるよ!」

あきちゃんとまーくんが、穴《あな》の中《なか》をのぞき込《こ》む。

無言《むごん》のまま、そのビニールを取《と》り出《だ》す作業《さぎょう》が始《はじ》まった。

傷《きず》つけないように、はじめはおそるおそるだったのに、はやる気持《きも》ちが抑《おさ》え切《き》れなくなってきて、土《つち》をかき分《わ》けるスピードは、だんだんあがっていった。

サツマイモを引《ひ》っこ抜《ぬ》く感覚《かんかく》で、最後《さいご》は土《つち》の中《なか》からビニールを引《ひ》き出《だ》す。

「取《と》れた!」

こびりついていた土《つち》をはらい落《お》として、その場《ば》でビニールを破《やぶ》りにかかった。

さすがに十五年《ねん》も地中《ちちゅう》にあると、ビニールもぼろぼろになるみたい。表面《ひょうめん》に近《ちか》いビニールは、そこらじゅう、穴《あな》だらけで、土《つち》と水《みず》が入《はい》り込《こ》んでぐちゃぐちゃな状態《じょうたい》だ。

でも、これをかくした人《ひと》も、そうなることはあらかじめ予想《よそう》していたみたい。ビニールの下《した》には、さらに新聞紙《しんぶんし》、ビニールと、交互《こうご》に何重《なんじゅう》にも巻《ま》きつけてある。

全部《ぜんぶ》はがし終《お》えると、はじめはランドセルくらいあったのが、ティッシュ箱《ばこ》くらいまで小《ちい》さくなった。重《おも》さも、はじめはずっしりとしていたのに、ほとんどは地面《じめん》から吸《す》った水《みず》だったみたいで、今《いま》はものすごく軽《かる》い。

「どれだけ厳重《げんじゅう》なのよ。」

あきちゃんはあきれているけれど、この努力《どりょく》のおかげで、内側《うちがわ》はすごくきれいな状態《じょうたい》に保《たも》たれていた。

最後《さいご》に新聞紙《しんぶんし》をはがすと、中《なか》から銀色《ぎんいろ》の箱《はこ》が現《あらわ》れた。表面《ひょうめん》にはってある黄《き》ばんだラベルには「パズルクラブ」の文字《もじ》。

間違《まちが》いない。これが、パズルクラブが残《のこ》した宝《たから》だ！

わたしは、汚《よご》れていた手《て》を新聞紙《しんぶんし》でふいて、そっと箱《はこ》のふたを持《も》った。

「開《あ》けるよ。」

あきちゃんとまーくんがうなずく。

こくり、と、のどをならして、わたしはそうっとふたを持《も》ちあげた。

「……あれ？」

わたしたちの声《こえ》が、きれいに重《かさ》なった。

――ない。箱《はこ》の中《なか》に、なんにも入《はい》ってない！

思《おも》わず、箱《はこ》の裏《うら》と、ふたの裏《うら》まで確認《かくにん》してしまった。でも、やっぱりなにもない。

「もしかして、もう誰《だれ》かが見《み》つけたあとだったのかな？」

いや、と、まーくんは首《くび》をふった。

「それはないと思《おも》うけどねぇ。このビニールの感《かん》じからしても、この厳重《げんじゅう》な包《つつ》み方《かた》にしても、たぶん、はじめからパズルクラブの人《ひと》は、この状態《じょうたい》でかくしたんだと思《おも》うよ。」

「でも、からっぽじゃないの。しかもこの箱《はこ》、使《つか》い古《ふる》しよ。」

あきちゃんの言《い》うとおりだ。ティッシュ箱《ばこ》サイズのこの箱《はこ》は、傷《きず》だらけ。たぶんアルミ製《せい》だと思《おも》うけれど、ところどころにさびは浮《う》いているし、シールをはがしたあとや落書《らくが》きで、箱《はこ》の表面《ひょうめん》はびっしりとおおわれている。すごく年季《ねんき》が入《はい》っているのが、見《み》ただけでわかる。

「……まさか、これが宝《たから》なんて言《い》わないでしょうね。」

いやあ、どうだろうねぇ、と、まーくんは苦笑《にがわら》い。

でも、その箱《はこ》の落書《らくが》きをていねいに見《み》ていたわたしは、ふと、箱《はこ》の底《そこ》に書《か》いてある文字《もじ》を見《み》つけて、ぴたりと動《うご》きを止《と》めた。

「……でも、宝物《たからもの》って書《か》いてるよ。」

「どこに?」

あきちゃんが、顔《かお》をしかめる。わたしは、二人《ふたり》に箱《はこ》を見《み》せた。

「ほら、ここ。」


ぼくらにとっては、これは大事《だいじ》な宝物《たからもの》なのです。

その理由《りゆう》が、今《いま》のあなたにはわからないかもしれません。

でも、卒業《そつぎょう》する頃《ころ》には、きっとわかってもらえるはず。

ぼくらが言《い》えることは、たった一つ。

その日《ひ》まで、ふつうで当《あ》たり前《まえ》の日々《ひび》を、大切《たいせつ》にしてください。

「……じゃあ、やっぱりこれが宝《たから》ってこと？」

ちょっぴり落胆《らくたん》した、あきちゃんの声《こえ》。

んー……、と、まーくんは考《かんが》えるように首《くび》をかしげて、それからにっこり笑《わら》った。

「卒業《そつぎょう》する頃《ころ》にはわかる、って書《か》いているけれど、なんだかあきちゃんがそれまで我慢《がまん》できそうな気《き》がしないし……じゃあ、わかる人《ひと》に聞《き》いてみよう。」

まーくんは、そっと後《うし》ろをふりかえった。「ね、ぴよちゃん！」

……えっ？　ぴよちゃん？

きょとんとする、わたしとあきちゃん。

でも、次《つぎ》の瞬間《しゅんかん》、まーくんの視線《しせん》の先《さき》——旧校舎《きゅうこうしゃ》の陰《かげ》から本当《ほんとう》にぴよちゃんが出《で》てきて、わたしたちはますます混乱《こんらん》した。

「かくれていたつもりだったんだけどなあ。」

ぴよちゃんは、ちょっと照《て》れくさそうに笑《わら》って、こっちに歩《ある》いてくる。

「どうしてわかったの？」

「いやぁ、ぼくって、女性《じょせい》の視線《しせん》にはすごく敏感《びんかん》なんだよねぇ。」

へらへら笑《わら》うまーくんを、あきちゃんが無言《むごん》でにらみつける。

「冗談《じょうだん》はこれくらいにして……。ぼく、はしごを運《はこ》んでいただろう。二人《ふたり》よりもかなり後《うし》ろを歩《ある》いていたからねぇ。ぴよちゃんが職員室《しょくいんしつ》から出《で》てくるところ、見《み》えたんだ。」

なるほど。たしかに、まーくんはわたしたちよりも遅《おく》れて、ここに着《つ》いた。それなら、こっそりあとをつけてきたぴよちゃんに気《き》づけたのは、まーくんだけだったのも納得《なっとく》。

「じゃなくって！　どうして『ぴよちゃんに聞《き》いてみよう。』になるの？」

そう言《い》ったら、まーくんは軽《かる》く首《くび》をかしげた。

「だって、ぴよちゃんだよね。ぼくらに宝探《たからさが》しをするように、仕向《しむ》けたの。」

――は？

わたしとあきちゃんは、きれいにフリーズした。

ぴよちゃんが？　まさか！

でも、ぴよちゃんは返事《へんじ》をしなかった。……その沈黙《ちんもく》は、イエスかノー、どっちの意《い》味《み》？

ぴよちゃんがなにも言《い》わない代《か》わりに、まーくんが言《い》った。

「教室《きょうしつ》に花《か》びんが置《お》かれたときのこと、覚《おぼ》えてる？　あれが教室《きょうしつ》に来《き》たのは、五月《がつ》十五日《にち》の朝《あさ》だったんだけれどね。」

まーくんは、すらすらと言《い》った。わたしは、いつからあの花《か》びんがあったのかも覚《おぼ》えていないのに、まさか日付《ひづけ》まで覚《おぼ》えてるなんて……。でもこれって、数字《すうじ》に強《つよ》いからか、それとも持《も》ってきたのがぴよちゃん（女《おんな》の人《ひと》）だからか、どっちだろう？

「ぴよちゃんは、それを窓《まど》ぎわの棚《たな》の上《うえ》に置《お》いた。知《し》っていると思《おも》うけれど、あそこって、黒板消《こくばんけ》しをぱたぱたする窓《まど》だから、みんながいちばん開《あ》け閉《し》めするんだよねぇ。」

そうそう。そんな場所《ばしょ》に置《お》いてあるから、わたしも何度《なんど》か花《か》びんを倒《たお》しそうになった。でも、場所《ばしょ》を変《か》えても、ぴよちゃんはすぐに元《もと》の位置《いち》に戻《もど》してしまうから、みんなけっこう困《こま》ってたっけ。

「ぴよちゃんがあそこに花《か》びんを置《お》いていた理由《りゆう》、それは『あそこがいちばん、この花《か》びんを倒《たお》して壊《こわ》してもらえそうだから。』じゃないかな？」

わたしとあきちゃんは、フリーズしたまま動《うご》けない。

まーくんが、ちらりとぴよちゃんを見《み》た。ぴよちゃんはやっぱり、だまったままだ。

「でも、ぴよちゃん、あの花《か》びんのこと大事《だいじ》にしてたんだよ！」

そう言《い》ってから、気《き》がついた。ぴよちゃんが花《か》びんを大事《だいじ》にしている――わたしたちがそう思《おも》っていたのって、ぴよちゃんが毎朝《まいあさ》、いちばんにあの花《か》びんをチェックしに行《い》くからだ。大事《だいじ》なんじゃなくて、ただ、気《き》になっていただけ、っていう考《かんが》え方《かた》もできる。

「誰《だれ》かにヒントを見《み》つけてもらえれば、それでよかったわけでしょう。べつに、壊《こわ》されなくても、中《なか》を見《み》てもらえればそれでいいんじゃないの。」

もっともなあきちゃんの意見《いけん》。でも、まーくんは首《くび》をふった。

「いや、ぴよちゃんはたぶん、あのヒントをぼくらに見《み》つけてほしかったんだ。そうして、そのためには、あの花《か》びんが壊《こわ》れる必要《ひつよう》がある。花《か》びんが割《わ》れれば、その修《しゅう》理《り》をまかされるのは『なんでも修理《しゅうり》クラブ』だからねぇ。」

うーん。たしかにあのクラスは、みんな「ぴよちゃんを泣《な》かせたくない！」と思《おも》っているから、誰《だれ》が壊《こわ》しても、最終的《さいしゅうてき》にはわたしたちに修理《しゅうり》がまわってきそうだけれど。

「だからこそ、ぴよちゃんはあのヒントの紙《かみ》を、あんなに見《み》つけにくいところにはったんだと思《おも》うよ。ゆっちゃんは、まかされたことは確実《かくじつ》にやるからね。あのカッパだけじゃなくて、ほかに傷《きず》がないか、最後《さいご》にぜったいにチェックするだろう。」

……まあ、たしかにそう。あきちゃんが先《さき》に見《み》つけてくれたけれど、修理《しゅうり》をまかされた時点《じてん》で、あの紙《かみ》をわたしたちが見《み》つけるのは、ほとんど決定《けってい》していたと思《おも》う。

「そもそも、どうして小谷先生《こたにせんせい》は、宝《たから》のヒントをわたしたちに見《み》つけてほしいと思《おも》うのよ。」

あきちゃんが、にらむようにまーくんを見《み》る。まーくんはあきちゃんからちょっぴり視《し》線《せん》をそらして、言《い》った。

「顧問《こもん》がくまさんだからかなぁ。」

またしても、わたしたちはきょとんとした。どうして、くまさんが出《で》てくるの？

「祐《ゆう》にいは、剣道部《けんどうぶ》だろう。そうして、ぴよちゃんは最近《さいきん》、中学《ちゅうがく》の剣道部《けんどうぶ》に顔《かお》を出《だ》している。だから、剣道部《けんどうぶ》の部室《ぶしつ》にあの花《か》びんをかくしに行《い》くことも簡単《かんたん》だしね。

結局《けっきょく》、事故《じこ》で粉々《こなごな》になってしまったけれど、たぶん、ぴよちゃんは部室《ぶしつ》に置《お》くときに、あらかじめひびを入《い》れておいたんじゃないかな。もしくは、ぴよちゃんが見《み》つけたとき、もうひびが入《はい》っていたとか。そうすれば、自動的《じどうてき》に花《か》びんのことは部長《ぶちょう》の祐《ゆう》にいの耳《みみ》に入《はい》って、そこからくまさんに——というより、ぼくらに修理《しゅうり》がまわってくるからねぇ。」

「……じゃあ、わたしたちのところに花《か》びんが集《あつ》まってきたのって、全部《ぜんぶ》、ぴよちゃんが仕組《しく》んでたから、ってこと？」

でも、そう考《かんが》えるとしっくりする。だって、三つ目《め》の花《か》びんを見《み》つけたときも、わたしたちはぴよちゃんと一緒《いっしょ》にいた。

ぴよちゃんは、職員室《しょくいんしつ》に行《い》くのにわざわざ遠《とお》まわりをしたけれど、校長室《こうちょうしつ》の前《まえ》を通《とお》るためにぴよちゃんがわざとそっちに誘導《ゆうどう》したとも考《かんが》えられる。実際《じっさい》、あのとき教室《きょうしつ》から職《しょく》員室《いんしつ》までの最短《さいたん》ルートを通《とお》っていたら、わたしたちは校長室《こうちょうしつ》の前《まえ》を通《とお》らなかった。

「……びっくりしたわ。」

ふいに、ぴよちゃんが言《い》った。まるで、いたずらがバレてしまった子《こ》どもみたいな顔《かお》をして、首《くび》をかしげる。

「どうして、わかったの？」

えっ？　じゃあ本当《ほんとう》に、これは全部《ぜんぶ》ぴよちゃんが……？

「はじめに『変《へん》だな。』と思《おも》ったのは、花《か》びんに花《はな》がかざってなかったから、かなぁ。」

ちょっと考《かんが》えてから、まーくんは言《い》った。

花《か》びんに花《はな》をかざらない理由《りゆう》……花《はな》をかざるには、花《か》びんに水《みず》を入《い》れなきゃいけない。でも、水《みず》を入《い》れると宝《たから》のヒントがぬれてしまう。

それがわかっていたから、かざれなかった、っていうこと？

ぴよちゃんは、苦笑《くしょう》した。

「そんなところから、怪《あや》しまれていたのね。」

「ほかにもいろいろあるけどねぇ。ヒントの紙《かみ》は古《ふる》かったのに、それが入《はい》っていたビニール袋《ぶくろ》とテープは新《あたら》しかったりとか。」

まーくんは、にっこり笑《わら》う。なるほど……だから、まーくんはビニール袋《ぶくろ》とテープを見《み》て「きれいだなぁ。」なんて言《い》ったんだね。

でもぴよちゃん、誤解《ごかい》しないでね。そんなことに気《き》づいたの、たぶんクラスでまーくんだけだから。わたしなんて、今《いま》、言《い》われるまでぜんっぜん気《き》づかなかったよ。

「ねえ、ぴよちゃん。どうしてこの答《こた》えが知《し》りたかったの？」

不思議《ふしぎ》に思《おも》って、わたしは聞《き》いてみた。だって、十五年《ねん》も前《まえ》の問題《もんだい》を、どうして今《いま》さら、ぴよちゃんが知《し》りたがるんだろう。

それに、ヒントの紙《かみ》をぴよちゃんが持《も》っていたことだって、よく考《かんが》えたら謎《なぞ》だよ。

「話《はな》したよね。先生《せんせい》、小学校《しょうがっこう》のときに好《す》きな人《ひと》がいたって。その相手《あいて》が、パズルクラブのクラブ長《ちょう》だったの。」

「うええっ！」

思《おも》わず、変《へん》な声《こえ》を出《だ》してしまった。ぴよちゃんは少《すこ》しだけ笑《わら》って言《い》った。

「陽《よう》ちゃん――本名《ほんみょう》は、桐谷陽介《きりたにようすけ》っていうんだけどね。陽《よう》ちゃんは、小学校《しょうがっこう》を卒業《そつぎょう》したあと、アメリカに引《ひ》っ越《こ》したのよ。そのまま永住《えいじゅう》するって聞《き》いた。だから、最後《さいご》のクラブ活《かつ》動《どう》の日《ひ》、思《おも》い切《き》って告白《こくはく》したの。けれど、返事《へんじ》をしてくれなかった。その代《か》わりに、こう言《い》ったわ。『答《こた》えは宝《たから》に聞《き》いてくれ。』って。

そのときは、まったく意味《いみ》がわからなかった。でも、卒業式《そつぎょうしき》の日《ひ》、パズルクラブの部室《ぶしつ》に行《い》ってみたら、机《つくえ》の上《うえ》にあのヒントの紙《かみ》があったの。」

「それって、廃部《はいぶ》になったあとでしょう。よく入《はい》れたわね。」

あきちゃんの冷静《れいせい》な突《つ》っ込《こ》みに、わたしもうなずいた。

いたずらされたり、たまり場《ば》にされたりしないように、クラブが廃部《はいぶ》になると、次《つぎ》のクラブが入《はい》るまでは部室《ぶしつ》に鍵《かぎ》がかけられる。生徒《せいと》は立《た》ち入《い》り禁止《きんし》になるし、もちろん鍵《かぎ》も貸《か》してもらえない。これは、ずっと前《まえ》から変《か》わっていないルールのはずなのに。

「だって、先生《せんせい》はパズルクラブに入《はい》っていたんだもの。『忘《わす》れ物《もの》をしました。』って言《い》ったら、簡単《かんたん》に鍵《かぎ》を借《か》りられたわよ。」

あんまりにもあっさり言《い》われて、わたしはしばらく、その意味《いみ》が理解《りかい》できなかった。

……ぴよちゃんが、パズルクラブに入《はい》ってた？

「でも、ぴよちゃんって、陸上《りくじょう》クラブだったたんじゃないの？」

まーくんが、ぽん、と手《て》をたたいた。

「そうか。二つまでならクラブに入《はい》れるから。」

そう、と、ぴよちゃんは大《おお》きくうなずく。それから、照《て》れくさそうにほおをかいた。

「といっても、わたしはただ、陽《よう》ちゃんと同《おな》じクラブに入《はい》っていたかっただけで、実際《じっさい》は、クラブにはほとんど参加《さんか》していなかったの。……というより、参加《さんか》できなかったのよね。わたし、パズルが苦手《にがて》だから。」

これには、わたしたちも苦笑《にがわら》い。パズルが苦手《にがて》なのに「好《す》き！」だけで飛《と》び込《こ》んじゃうなんて、小学生《しょうがくせい》のときから、ぴよちゃんはやっぱりぴよちゃんだ。

「陽《よう》ちゃんは、すごくまじめで優《やさ》しい人《ひと》だったから、わたしがクラブに来《き》ても、まったくパズルを解《と》こうとしなくても、なにも言《い》わなかった。部員《ぶいん》である以上《いじょう》、参加《さんか》する権利《けんり》があるからね。……でも、自分《じぶん》たちが六年《ねん》になったとき、わたしに言《い》ったわ。『ぼくらが卒業《そつぎょう》したら、このクラブは廃部《はいぶ》にする。』って。」

「えっ……ぴよちゃんがいるのに？」

だって、たったひとりでも部員《ぶいん》がいれば、クラブは存続《そんぞく》できる。ぴよちゃんが卒業《そつぎょう》するまでは、まだ二年残《ねんのこ》っていたはずだから、そのあいだに、また部員《ぶいん》が入《はい》ってくることだって、あったかもしれない。……なのに、廃部《はいぶ》？

「それが、陽《よう》ちゃんの優《やさ》しさだったの。だって、部員《ぶいん》がひとりということは、わたしは必然的《ひつぜんてき》にクラブ長《ちょう》でしょ。でも、わたしが力《ちから》を入《い》れていたのは、陸上《りくじょう》クラブのほう……。

クラブ長《ちょう》になれば、どうしても、そっちに力《ちから》を注《そそ》がなくちゃいけなくなる。陽《よう》ちゃんは、わたしがこの先《さき》、パズルクラブのことで苦労《くろう》しなくていいように、そう選択《せんたく》したのよ。」

ぴよちゃんは、ゆっくりと目《め》をふせた。

「……本当《ほんとう》なら、自分《じぶん》の代《だい》でクラブを廃部《はいぶ》にするなんて、いやに決《き》まっているのにね。」

わたしは、ぴよちゃんに、なんて声《こえ》をかければいいのかわからなかった。

廃部《はいぶ》を決《き》めた陽《よう》ちゃんも、廃部《はいぶ》を宣言《せんげん》されたぴよちゃんも、どっちもつらかったのは簡《かん》単《たん》に想像《そうぞう》できるから……。

ぴよちゃんは、わざとらしくため息《いき》をついた。

「そんなに気《き》づかってもらっていたのに、勝手《かって》に告白《こくはく》して、困《こま》っている陽《よう》ちゃんに『返事《へんじ》をくれないってどういうこと！』なんて……今考《いまかんが》えると、ひどいことしてるわよね。」

「まあ、ぴよちゃんがパズルが苦手《にがて》なことをわかっていて、問題《もんだい》を押《お》しつけていった陽《よう》ちゃんも、そうとうひどいと思《おも》うけどねぇ。」

まーくんは、ぽそっとつぶやいた。

それは、たしかにそう。それでなくともパズルが苦手《にがて》なぴよちゃんなのに。

おまけに、ヒントの紙《かみ》だって、ぴよちゃんがあとから、自分《じぶん》で見《み》つけたんだ。もしもあの紙《かみ》を見《み》つけなかったら、パズルがなんなのかもわからないままだった、ってことだよ。まるで陽《よう》ちゃん、ぴよちゃんに見《み》つけてもらう気《き》なんて、なかったみたい。

「結局《けっきょく》、問題《もんだい》が解《と》けないまま、小学校《しょうがっこう》を卒業《そつぎょう》して。あのパズルのことも忘《わす》れていたのよ。でも、このあいだ、引《ひ》っ越《こ》しの準備《じゅんび》で荷物《にもつ》をまとめているとき、たまたま小学校《しょうがっこう》の卒業《そつぎょう》アルバムにはさんであったヒントの紙《かみ》を見《み》つけたの。」

そのときのことを思《おも》い出《だ》したのか、ぴよちゃんの声《こえ》が、少《すこ》し大《おお》きくなった。

「もう一度《いちど》、これを解《と》いてみようと思《おも》って、ヒントの紙《かみ》を学校《がっこう》に持《も》っていったその日《ひ》に、見覚《みおぼ》えのある花《か》びんが校長室《こうちょうしつ》の前《まえ》にかざってあるのに気《き》づいたの。校長先生《こうちょうせんせい》に聞《き》いてみたら『これはパズルクラブからのあずかりものなんです。』って言《い》われて。ヒントにある『花《か》びん』はこれのことだ！　って、直感《ちょっかん》でわかったわ。それから、必死《ひっし》で残《のこ》りの花《か》びんを探《さが》したの。でも……。」

ぴよちゃんは、そっと目《め》をふせた。

「……でもね、花《か》びんを見《み》つけても、やっぱり解《と》けなかった。」

さみしそうな、ぴよちゃん。どんなことでも全力投球《ぜんりょくとうきゅう》のぴよちゃんだもん。きっと、これだって一生懸命《いっしょうけんめい》がんばったんだと思《おも》う。

「結婚《けっこん》したら、もうほかの人《ひと》のことを掘《ほ》りかえすなんて、だめでしょう。だから、それまでに、あのときの答《こた》えがどうしても知《し》りたかったの。」

「……知《し》って、どうするの？」

まさか、答《こた》えによっては、結婚《けっこん》やめます！　なんて言《い》ったりしないよね？

その不安《ふあん》が伝《つた》わったのか、ぴよちゃんは笑《わら》って言《い》った。

「どうもしないわよ。答《こた》えがどうあれ、先生《せんせい》は今月結婚《こんげつけっこん》します！　ただね、けじめ……っていうのかな？　ちゃんと終止符《しゅうしふ》を打《う》っておきたいの。これで、終《お》わり。って。」

それなのに、自分《じぶん》では解《と》けなかった。

だからぴよちゃんは、わたしたちに謎解《なぞと》きをたくしたんだ。

「でも、わたしたちだって、ちゃんと解《と》けるかわからなかったのに……。」

そんなに大事《だいじ》な問題《もんだい》を、生徒《せいと》にたくすなんて、ぴよちゃんって怖《こわ》いもの知《し》らずだ。

そうしたら、ぴよちゃんは首《くび》をふった。

「わたしが『なんでも修理《しゅうり》クラブ』にまかせようと思《おも》った、いちばんの理由《りゆう》はね、皆川《みながわ》さんがいるからよ。」

えっ、わたし？

目《め》をまるくしたわたしを見《み》て、ぴよちゃんはふふふっ、と笑《わら》った。

「皆川《みながわ》さんは、途中《とちゅう》でなにかを投《な》げ出《だ》す子《こ》じゃないから。それに、皆川《みながわ》さんには、神谷《かみや》くんと内田《うちだ》さんもついてるでしょう。だから、きっと解《と》いてくれるって思《おも》ったの。それでダメなら、もう、そういう運命《うんめい》なんだって、あきらめるつもりだったの。」

……どうしよう。そんなこと言《い》われるなんて思《おも》ってなかったから、すごく照《て》れくさいよ。

「結子《ゆいこ》、顔《かお》が真《ま》っ赤《か》よ。」

あきちゃんが、にやりとした。

「熱《ねつ》でも出《で》てきた？　帰《かえ》りにぼくの家《いえ》、寄《よ》っていってもいいんだよ。あ、保険証《ほけんしょう》と診察券《しんさつけん》をお忘《わす》れなく～。」

二人《ふたり》に冷《ひ》やかされて、ますます顔《かお》が熱《あつ》くなってくる。

ひとしきり笑《わら》ったあと、あきちゃんは思《おも》い出《だ》したように言《い》った。

「それで、どうしてこれが宝《たから》なの？」

わたしたちに注目《ちゅうもく》されて、ぴよちゃんはうなずいた。

「これは、パズルクラブができたときから、部室《ぶしつ》にあった箱《はこ》なの。とくになにかに使《つか》っていたわけでもないんだけれど……ただ、ずっとそこにあったのよね。たまにお菓子《かし》が入《はい》っていたり、忘《わす》れ物《もの》が入《はい》っていたり、落書《らくが》きされたり、それくらい。

でも、みんな『いちばん思《おも》い出《で》に残《のこ》っているものは？』と聞《き》かれたら『アルミの箱《はこ》。』って答《こた》えると思《おも》うの。だって、この箱《はこ》は、いつもわたしたちのそばにあったから。」

ぴよちゃんは、すごく優《やさ》しい目《め》で、わたしの手《て》の中《なか》の箱《はこ》を見《み》つめた。

「いつも近《ちか》くにあったからこそ、この箱《はこ》を見《み》ると、いろんな思《おも》い出《で》がよみがえってくるの。特別《とくべつ》なことじゃなくて、本当《ほんとう》に、ちょっとしたことばかりだけれどね。

でも、そういう『当《あ》たり前《まえ》に過《す》ごしていた毎日《まいにち》が、本当《ほんとう》はいちばん幸《しあわ》せだったんだ。』って、今《いま》になって、思《おも》うのよ。」

……なんとなく、その感覚《かんかく》が、わたしにはわかるような気《き》がした。

コチコチと時計《とけい》の音《おと》がするせまい部屋《へや》で、おばあちゃんのひざにのって、時計《とけい》の修理《しゅうり》を見《み》る。――小《ちい》さい頃《ころ》、これがわたしの日常《にちじょう》だった。

でも、わたしが小学校《しょうがっこう》に入《はい》ってしばらくして、おばあちゃんは海外《かいがい》に仕事《しごと》に行《い》ってしまった。あのときから、わたしの日常《にちじょう》はくずれてしまった。

夕方《ゆうがた》、真《ま》っ暗《くら》なままの修理部屋《しゅうりべや》を見《み》たとき、「ふつうに毎日《まいにち》を過《す》ごせるのが、いちばんの幸《しあわ》せなんだよ。」という言葉《ことば》の意味《いみ》を、わたしは初《はじ》めて理解《りかい》したんだ。

「そっか……。そういうことなんだ。」

わたしにとって、おばあちゃんのいるあの部屋《へや》が大切《たいせつ》だったのと同《おな》じように、きっと、パズルクラブのメンバーにとっては、「当《あ》たり前《まえ》の毎日《まいにち》」を思《おも》い出《だ》させてくれるこの箱《はこ》こそが、大事《だいじ》な宝物《たからもの》なんだね。

「でも、陽《よう》ちゃんの答《こた》えは、結局《けっきょく》わからなかったわね。」

ぴよちゃんは、無理《むり》に明《あか》るく言《い》った。

わたしは、そっと箱《はこ》を見《み》おろした。ぼろぼろで傷《きず》だらけで、からっぽの箱《はこ》。でもそのふたを見《み》て、わたしは笑《わら》ってしまった。

「答《こた》え、わかったよ。」

そう言《い》って、そっと缶《かん》のふたをぴよちゃんにかかげてみせる。

そのはしには、ちょっと恥《は》ずかしそうに、小《ちい》さな字《じ》でこう書《か》いてあった。

好《す》きだよ　ぴよちゃん

8 最後《さいご》のメッセージ

新聞野球《しんぶんやきゅう》から始《はじ》まった宝探《たからさが》しは、こうして幕《まく》を閉《と》じた。

でも、これですべてが終《お》わったわけじゃない。

……それは、どういうことかって?

「失礼《しつれい》します!」

次《つぎ》の日《ひ》、わたしたちはクラブ活動開始《かつどうかいし》と同時《どうじ》に、校長室《こうちょうしつ》にかけ込《こ》んだ。

校長先生《こうちょうせんせい》はあいかわらずにこやかな顔《かお》。いつもいつも、仕事《しごと》のじゃまをされているはずなのに、めいわくだ! なんて空気《くうき》はほんのちょっぴりも感《かん》じさせない。

むしろ、なんだか楽《たの》しそうに見《み》えるんだけど……これはさすがに、気《き》のせいだよね。

「あの、これ、返《かえ》しにきたんです。」

わたしは、持《も》っていた花《か》びんを校長先生《こうちょうせんせい》におそるおそるさし出《だ》した。

校長先生《こうちょうせんせい》は、ちょっと不思議《ふしぎ》そうに首《くび》をかしげる。

「おや、てっきり、もう戻《もど》ってこないと思《おも》っていましたよ。返《かえ》してしまっていいのですか。」

「はい。」と、わたしはうなずいた。

本当《ほんとう》は、きちんと修理《しゅうり》して、元《もと》どおりにすることもできた。でも、そうしなかった。祐《ゆう》にいにも花《か》びんを返《かえ》しちゃったし、大事《だいじ》なヒントも、今《いま》は見《み》つけた宝《たから》と一緒《いっしょ》に、用務《ようむ》員室《いんしつ》に置《お》いてある。もうこの花《か》びんが、なにかの理由《りゆう》で探《さが》されることは、ないと思《おも》う。

――チャンスはたったの一回《かい》だけ。

一度《いちど》、誰《だれ》かが解《と》いたら、それで終了《しゅうりょう》。はじめから、これがパズルクラブの意思《いし》なんだ。

校長先生《こうちょうせんせい》は、一つうなずいて、花《か》びんを受《う》け取《と》った。

「あの……でも、わたしが失敗《しっぱい》しちゃって、ひびが入《はい》ったんです。修理《しゅうり》したんだけど、水《みず》、もれちゃったらごめんなさい。」

怒《おこ》られるかも……と思《おも》っていたのに、校長先生《こうちょうせんせい》はにこやかにほほえんだだけだった。

「かまいませんよ。それでは、造花《ぞうか》をかざるために使《つか》いましょう。ちょうど、この部屋《へや》にもう少《すこ》しいろどりが欲《ほ》しいと思《おも》っていたんですよ。」

もっと、わたしが気《き》をつけていれば、ちゃんと水《みず》を入《い》れて、また元《もと》どおり使《つか》ってもらえたはずなのに……。しょぼんとしていたら、校長先生《こうちょうせんせい》は優《やさ》しい声《こえ》で言《い》った。

「謎《なぞ》は、解《と》けましたか？」

わたしはあわててうなずいた。でも、そのあと、

「小谷先生《こたにせんせい》は、喜《よろこ》んでいましたか？」

と続《つづ》いたものだから、ぎょっとして、思《おも》わずあとずさりしてしまった。

「校長先生《こうちょうせんせい》、知《し》ってたんですか……！」

「校長《こうちょう》ですからね。」

ふふふ、と校長先生《こうちょうせんせい》は、笑《わら》っている。

なんだかその顔《かお》を見《み》ていたら、力《ちから》が抜《ぬ》けた。知《し》っているんだったら、はじめからそう言《い》ってほしかったよ。なにをどこまで話《はな》せばいいのか、すごく悩《なや》んでいたのに！

「そういえば、小谷先生《こたにせんせい》が自分《じぶん》で言《い》っていたわね。校長先生《こうちょうせんせい》に花《か》びんのことを聞《き》いたって。」

あきちゃんが、苦笑《にがわら》いしながらつぶやく。

そういえば、そうだった。そのときから、校長先生《こうちょうせんせい》はきっとわかっていたんだね。ぴよちゃんがなにかを動《うご》かそうとしていること。

「でもぴよちゃん、あんなにまわりくどいことするなら、はじめからわたしたちに依頼《いらい》してくれればよかったのにね。」

そう言《い》ったら、まーくんは、ぴっと人《ひと》さし指《ゆび》をたてた。

「ゆっちゃんに確認問題《かくにんもんだい》。パズルクラブのモットーは？」

「えっと……パズルは楽《たの》しく解《と》く！」

元気《げんき》よく答《こた》えると「ピンポーン！」と、まーくんは拍手《はくしゅ》。

「ようするに、そういうことだよ。依頼《いらい》を受《う》ければ、ぼくらにはそれを解決《かいけつ》する責任《せきにん》が生《う》まれる。ぴよちゃんは、たぶん、ぼくらにあのパズルを重《おも》く受《う》け止《と》めてほしくなかったんじゃないかな。それよりは、どきどきわくわく、楽《たの》しみながら解《と》いてほしかった。だから、あんなまわりくどい方法《ほうほう》を取《と》ったんじゃないかなぁ、って、ぼくは思《おも》うよ。」

珍《めずら》しくまじめな口調《くちょう》で、まーくんは言《い》った。

校長先生《こうちょうせんせい》も、優《やさ》しい顔《かお》でうなずいている。

……そっか。わたしは依頼《いらい》を受《う》けるほうだから、依頼《いらい》してくれる人《ひと》のことを、そんなに深《ふか》く考《かんが》えたことはなかった。でも、ぴよちゃんは依頼《いらい》するほうだけじゃなくて、依頼《いらい》を受《う》けるわたしたちのことも、考《かんが》えていてくれたんだ。

「たしかに、依頼《いらい》されて、結婚式《けっこんしき》までに解《と》けなかったら、かなり後味《あとあじ》が悪《わる》いわね。」

あきちゃんが、ぼそっとつぶやく。……それは言《い》えてるかも。

でも、そこまでちゃんと考《かんが》えてくれるぴよちゃんって、やっぱりステキな先生《せんせい》だ。

そう思《おも》ったら、なおさらぴよちゃんのあの一言《ひとこと》が気《き》になってきた。

宝物《たからもの》は見《み》つかった。でも、ぴよちゃんのいちばんの願《ねが》い、じつはまだ、かなっていない。

ぴよちゃんに、幸《しあわ》せな結婚式《けっこんしき》を迎《むか》えてもらおうと思《おも》ったら、これで全部《ぜんぶ》おしまいにするわけにはいかないんだ。

わたしは、改《あらた》めて校長先生《こうちょうせんせい》を見《み》あげた。

「……あの。じつは、もう一つ、やりたいことがあるんです。お願《ねが》い、聞《き》いてくれますか？」

「それは、内容《ないよう》と、あなたがたの熱意《ねつい》によりますね。」

わたしたちは、顔《かお》を見合《みあ》わせてうなずき合《あ》うと、言《い》った。

ぴよちゃんの結婚式《けっこんしき》、前日《ぜんじつ》。

「きりーつ、れい、さよーなら！」

いつもどおり、帰《かえ》りの会《かい》が終《お》わって、教室《きょうしつ》から出《で》ようとしたぴよちゃんに向《む》かって、わたしは思《おも》いっきりさけんだ。

「ぴよちゃん、ストーップ！」

あんまり大《おお》きい声《こえ》だったから、ぴよちゃんはびくっ！　として立《た》ち止《ど》まる。

「ど、どうしたの？」

わたしは、さっと立《た》ちあがると、引《ひ》き出《だ》しにかくしておいた色紙《しきし》を出《だ》した。まーくんも、ランドセルの中《なか》から花《はな》たばを出《だ》す。

廊下側《ろうかがわ》の最前列《さいぜんれつ》に座《すわ》っていた子《こ》が、ぴよちゃんを教卓《きょうたく》の前《まえ》まで押《お》し戻《もど》すと、わたしとまーくんは、ぴよちゃんの前《まえ》に立《た》った。

みんなのほうをちらっと見《み》て、わたしは小声《こごえ》で言《い》う。

「せーの！」

「ぴよちゃん、結婚《けっこん》おめでとう！」

わあああっ！と歓声《かんせい》と拍手《はくしゅ》が教室《きょうしつ》にわき起《お》こった。

つられたのか、対抗《たいこう》したいのか、となりの教室《きょうしつ》からも「うおおおっ！」と歓声《かんせい》と拍手《はくしゅ》が聞《き》こえてくる。なにが起《お》こったのか、ぴよちゃんは一瞬《いっしゅん》理解《りかい》できなかったみたい。きょとんとしていたけれど、そのうち、花《はな》が咲《さ》いたみたいに、ぱあっと明《あか》るい顔《かお》になった。

「みんな〜〜っ！」

と、思《おも》ったら、今度《こんど》は泣《な》きそうな顔《かお》。ぴよちゃんの顔《かお》の筋肉《きんにく》って、ふつうの人《ひと》の三倍《ばい》くらい働《はたら》いてそう。

まーくんから花《はな》たばを受《う》け取《と》って、ぴよちゃんはほおを真《ま》っ赤《か》にした。

「ありがとう！」

今度《こんど》は、わたしの番《ばん》。一歩《ぽ》さがったまーくんの代《か》わりに、一歩前進《ぽぜんしん》して、ぴよちゃんに寄《よ》せ書《が》きをさし出《だ》した。

「ぴよちゃん、はい！」

休《やす》み時間《じかん》に、こそこそまわした寄《よ》せ書《が》きには、クラスのみんなだけじゃなくて、となりのクラスや違《ちが》う学年《がくねん》の子《こ》のメッセージも入《はい》っている。隙間《すきま》なくびっしり文字《もじ》でおおわれた寄《よ》せ書《が》きを渡《わた》すと、ぴよちゃんはまた、泣《な》きそうな顔《かお》になった。

「ありがとう！」

ぴよちゃんは、子《こ》どもみたいに目《め》をきらきらさせながら、寄《よ》せ書《が》きを見《み》つめる。そんなぴよちゃんを、わたしたちはにやにやしながら眺《なが》めていた。

しばらくして、ぴよちゃんはふいに「あれ？」とつぶやいた。

こっちを見《み》たぴよちゃんの顔《かお》は、まるで、宇宙人《うちゅうじん》でも見《み》たみたいに、驚《おどろ》きでいっぱい。

ぴよちゃんがなにに驚《おどろ》いたのか、しかけたわたしたちには、わかってるよ。

「……これって？」

ぴよちゃんは、おそるおそる、寄《よ》せ書《が》きの中央《ちゅうおう》を指《ゆび》さした。そこには、ある人《ひと》のメッセージが書《か》いてある。

その人《ひと》の名前《なまえ》は、桐谷陽介《きりたにようすけ》。

「……うそでしょ、陽《よう》ちゃん？　どうして？」

「校長先生《こうちょうせんせい》に、連絡先《れんらくさき》を調《しら》べてもらったの。」

個人情報《こじんじょうほう》だから、住所《じゅうしょ》も電話番号《でんわばんごう》もわたしたちは教《おし》えてもらっていないけれど、校長先《こうちょうせん》生《せい》はわたしたちが準備《じゅんび》した寄《よ》せ書《が》きを、わざわざアメリカまで送《おく》ってくれたんだ。

「本当《ほんとう》は今日《きょう》、直接《ちょくせつ》ぴよちゃんと話《はな》してもらいたかったんだけど、陽《よう》ちゃんはメッセージだけでいい、って。」

ぼうぜんと立《た》ちつくしていたぴよちゃんは、まーくんの言葉《ことば》で、はっ、とした。

「あなたたち、もしかして陽《よう》ちゃんと……？」

「うん。ごめんね、ちょっとだけ電話《でんわ》で話《はな》した。」

これも、やっぱり協力《きょうりょく》してくれたのは校長先生《こうちょうせんせい》。わざわざ昼休《ひるやす》みにわたしたちを呼《よ》んで、電話《でんわ》をつないでくれたんだ。

「陽《よう》ちゃんにね、ぴよちゃんが昔《むかし》のこと、謝《あやま》りたいって言《い》ってたよ、って伝《つた》えた。陽《よう》ちゃん、怒《おこ》ってなかったよ。むしろ、あれで怒《おこ》らないほうがおかしいって、笑《わら》ってた。」

ぴよちゃんは、寄《よ》せ書《が》きの字《じ》を見《み》たまま、ぴくりとも動《うご》かなかった。

「でも、ぴよちゃんに本心《ほんしん》を知《し》られて、びっくりしてたよ。……あと、ちょっと照《て》れてた。」

陽《よう》ちゃんは、ぴよちゃんがあの箱《はこ》を見《み》つけられるなんて思《おも》ってなかったみたい。

「陽《よう》ちゃんにね、どうしてぴよちゃんに、自分《じぶん》の口《くち》から言《い》わなかったのか、聞《き》いたの。そうしたら、陽《よう》ちゃん、こう言《い》ってたよ。『さみしがり屋《や》で泣《な》き虫《むし》なぴよちゃんは、きっと手《て》の届《とど》くところに助《たす》けてくれる人《ひと》がいるほうがいい。俺《おれ》は、近《ちか》くにいてやれないから、さみしい思《おも》いをさせるくらいなら、ほかの人《ひと》と幸《しあわ》せになってほしかった。』って。」

だから、自分《じぶん》の気持《きも》ちは伝《つた》えないでおこうと思《おも》っていたんだって。

でも、それでも陽《よう》ちゃんは自分《じぶん》の気持《きも》ちを自分《じぶん》の中《なか》だけに閉《と》じ込《こ》めておくのは苦《くる》しくて。

ぴよちゃんに告白《こくはく》されたとき、ぴよちゃんに「好《す》き。」とは言《い》えなかったけれど……でも、ぴよちゃんに「嫌《きら》い。」ってウソをつくこともできなくて、メッセージと一緒《いっしょ》に、あの箱《はこ》にだけ、自分《じぶん》の気持《きも》ちを書《か》き残《のこ》そう。と、とっさに考《かんが》えたんだって、陽《よう》ちゃんはちょっぴり恥《は》ずかしそうにわたしたちに話《はな》してくれた。

「陽《よう》ちゃんって、ぴよちゃんの言《い》うとおり、優《やさ》しくてまじめな人《ひと》だったんだね。」

そんなに長《なが》くは話《はな》せなかったけれど、短《みじか》い時間《じかん》でも、それがとってもよくわかった。

三年生《ねんせい》のときに、ひとり、クラスメイトが引《ひ》っ越《こ》した。そのとき、北海道《ほっかいどう》に行《い》くって聞《き》いて、わたしは「すごく遠《とお》くに行《い》っちゃうんだな。」って思《おも》ったんだ。

でも、アメリカなんて、それよりもっと遠《とお》い。そんな場所《ばしょ》に引《ひ》っ越《こ》しが決《き》まっていたのに、陽《よう》ちゃんは、自分《じぶん》の想《おも》いより、ぴよちゃんのことをいちばんに考《かんが》えたんだもん。

まだぼうぜんとしているぴよちゃんに、わたしは、にっ、と笑《わら》った。

「そういうわけで、陽《よう》ちゃんに、どどーんとメッセージを書《か》いてもらったよ！　あっ、一つ言《い》い忘《わす》れてた。『追伸《ついしん》、これくらいなら、読《よ》めるよね？』だってさ。」


おめでとう、ぴよちゃん。

幸幸ね！

桐谷陽介

結婚
おめでとう

ぴよちゃんは苦笑《くしょう》した。

「これくらい、読《よ》めます！」

うん。さすがにこれは、簡単《かんたん》だよね。

幸《しあわせ》が二つで「しあわせにね！」

「ぴよちゃん、おめでとう。」

もう一度《いちど》、拍手《はくしゅ》に包《つつ》まれながら、ぴよちゃんはぽろぽろ泣《な》きながら言《い》った。

「本当《ほんとう》に、ありがとう！」

＊　＊

桜《さくら》の山学園《やまがくえん》からほど近《ちか》い場所《ばしょ》にある、校長先生《こうちょうせんせい》の家《いえ》。

大《おお》きな桜《さくら》の木《き》を眺《なが》めることができる縁側《えんがわ》で、くまさんは将棋盤《しょうぎばん》と向《む》き合《あ》っていた。

「お待《ま》たせしました。」

家《いえ》の奥《おく》から出《で》てきた校長先生《こうちょうせんせい》は、自《みずか》らいれたお茶《ちゃ》を、将棋盤《しょうぎばん》のわきに置《お》いた。

「ありがとうございます。」

くまさんは軽《かる》く頭《あたま》をさげながら、湯《ゆ》のみを持《も》つ。

「今日《きょう》は、ちょっといつもと違《ちが》うお茶《ちゃ》をいれてみました。いかがですか。」

一口《ひとくち》飲《の》んで、くまさんは小《ちい》さく首《くび》をかしげた。

「……うーん。すいません。俺《おれ》はあまり、味《あじ》の違《ちが》いがわかるタイプじゃないんです。でも、俺《おれ》がふだん飲《の》んでいるお茶《ちゃ》とは、ちょっと味《あじ》が違《ちが》いますね。あっ、でも俺《おれ》は基本的《きほんてき》に、お茶《ちゃ》はなんでも好《す》きなので、これもうまいです。……これ、なんですか？」

「玉露《ぎょくろ》です。」

げほっ、と、くまさんがむせた。にっこりと、校長先生《こうちょうせんせい》がほほえむ。

「そうですか。お茶《ちゃ》はなんでもお好《す》きなのですね。でしたら次回《じかい》は、センブリ茶《ちゃ》を用意《ようい》しておきますね。」

二口目《ふたくちめ》を飲《の》んだくまさんは、またしてもむせる。センブリ茶《ちゃ》というのは、よく罰《ばつ》ゲームで使《つか》われている苦《にが》いお茶《ちゃ》だ。

「……怒《おこ》りました？」

「なんのことです？」

校長先生《こうちょうせんせい》は、さらりと言《い》って、ぱちん、と駒《こま》をさした。

「そういえば『なんでも修理《しゅうり》クラブ』の子《こ》たちは、今回《こんかい》もやってくれましたね。」

目《め》じりに浮《う》かんだ涙《なみだ》をぬぐいながら、くまさんはようやく少《すこ》し笑《わら》った。

「今回《こんかい》は、修理《しゅうり》というよりは、探《さが》しものとクイズをしていたと思《おも》っていたんですが……。

けれど結果的《けっかてき》には、小谷先生《こたにせんせい》の時計《とけい》を、きちんと直《なお》してくれました。」

校長先生《こうちょうせんせい》は、目《め》を閉《と》じてうなずいた。

「けれど、驚《おどろ》きました。校長《こうちょう》が、パズルクラブから頼《たの》まれごとをされていたなんて。」

くまさんが言《い》うと、校長先生《こうちょうせんせい》は、ゆっくりと口《くち》を開《ひら》いた。

「学校《がっこう》というのは、不思議《ふしぎ》な場所《ばしょ》だと思《おも》いませんか？」

「不思議《ふしぎ》な場所《ばしょ》？」

「通《かよ》っているあいだは、自分《じぶん》の席《せき》があって友人《ゆうじん》がいて、家《いえ》と同《おな》じくらい『いるのが当《あ》たり前《まえ》』の場所《ばしょ》なんです。けれど、卒業《そつぎょう》すると、たった数年《すうねん》で知《し》らない場所《ばしょ》のようになってしまって、入《はい》りづらくなる――。」

桜《さくら》の山学園《やまがくえん》は、小学校《しょうがっこう》から高校《こうこう》までが同《おな》じ敷地内《しきちない》にある。けれども、中学生《ちゅうがくせい》になった子《こ》どもたちが、ふたたび小学校《しょうがっこう》の校舎《こうしゃ》に足《あし》を踏《ふ》み入《い》れることは、ほとんどない。

「くまさんも知《し》っていると思《おも》いますが、卒業《そつぎょう》していく子《こ》どもたちの中《なか》には、校舎《こうしゃ》にこっそり落書《らくが》きをしていく子《こ》が、毎年《まいとし》いるんです。……べつに目立《めだ》つところに大《おお》きく書《か》くわけでもなく、本当《ほんとう》に、見《み》つけにくい場所《ばしょ》に、こっそりと。」

くまさんは、苦笑《くしょう》した。

「ああ、たまにありますね。階段《かいだん》のはしとか。」

「机《つくえ》の裏《うら》にも。」

「このあいだ、窓枠《まどわく》にもありましたよ。」

ふふふ、と校長先生《こうちょうせんせい》は笑《わら》って、言《い》った。

「もちろん、落書《らくが》きはいけません。けれど、ああいう落書《らくが》きを見《み》ると、いつも思《おも》うんですよ。この子《こ》たちは、ここにいた証《あかし》を残《のこ》したかったたんじゃないかな、と。」

駒《こま》を持《も》ったまま、くまさんは首《くび》をかしげる。

「証《あかし》、ですか？」

「卒業《そつぎょう》するとき、わたしはいつも言《い》います。『また、いつでもいらっしゃい。』と。子《こ》どもはみんな『また来《き》ます。』と返《かえ》してくれます。

……けれど、六年生《ねんせい》にもなれば、たいてい、どこかで感《かん》じていると思《おも》うんです。もう、ここに来《く》ることはないかもしれない、と。

だからこそ、自分《じぶん》はたしかにここにいて、ここで勉強《べんきょう》していたときがあった。それをなんとか形《かたち》として残《のこ》しておきたい。そんなふうに思《おも》うのかもしれません。落書《らくが》きは、そういう心《こころ》のさけびに見《み》えませんか。」

なるほど、と、くまさんはうなずく。校長先生《こうちょうせんせい》は続《つづ》けた。

「パズルクラブの子《こ》どもたちが、あんなふうに宝《たから》のヒントを残《のこ》したのも、同《おな》じだと思《おも》うんです。少《すこ》し違《ちが》うとすれば、あの子《こ》たちは、証《あかし》を残《のこ》すだけでなく、誰《だれ》かに思《おも》い出《だ》してもらいたい、気《き》づいてもらいたい、と思《おも》ったところでしょうか。『昔《むかし》、この学校《がっこう》にはパズルクラブがあったんだよ。』と、そう、後輩《こうはい》に伝《つた》えたかったんでしょう。

そういう意味《いみ》では、『なんでも修理《しゅうり》クラブ』は、パズルクラブの時計《とけい》も、動《うご》かしたことになるのかもしれませんね。この先《さき》、『なんでも修理《しゅうり》クラブ』の三人《にん》の心《こころ》の中《なか》にも、パズルクラブは生《い》き続《つづ》けるでしょうから。」

校長先生《こうちょうせんせい》は、そっと湯《ゆ》のみを持《も》ちあげると、おいしそうにお茶《ちゃ》を飲《の》む。

それから、ゆっくりと庭《にわ》に目《め》を向《む》けた。

「学校《がっこう》は、毎年毎年《まいとしまいとし》、生徒《せいと》が変《か》わっていきます。だからこそ、子《こ》どもたちが残《のこ》したメッセージを、未来《みらい》の子《こ》どもたちに届《とど》けるためには、わたしたちが動《うご》かなくてはいけません。わたしは、それも、わたしたちの大切《たいせつ》な役目《やくめ》だと思《おも》っているんですよ。」

おっしゃるとおりです。と言《い》わんばかりに、くまさんはていねいに校長先生《こうちょうせんせい》に頭《あたま》をさげる。

「けれど、あいつらも無茶《むちゃ》を言《い》いますね。十五年前《ねんまえ》の卒業生《そつぎょうせい》に連絡《れんらく》を取《と》ってほしいとは。」

「ふつう、ここまで協力《きょうりょく》することはないのですけれどね。でも、あの子《こ》たちの情熱《じょうねつ》に、負《ま》けてしまいました。」

負《ま》けた——と言《い》いながらも、校長先生《こうちょうせんせい》は楽《たの》しそうだ。

「その気持《きも》ち、わかります。」と、くまさんも笑《わら》った。

「そうでなければ、あの子《こ》たちに旧校舎《きゅうこうしゃ》の鍵《かぎ》を渡《わた》すなんて、やらないでしょうからね。」

くまさんは、ぎょっとした。

「校長《こうちょう》、なんでそれを……！」

校長先生《こうちょうせんせい》は、にこにこ笑《わら》う。

「べつに、怒《おこ》っていませんよ。もともと旧校舎《きゅうこうしゃ》は、とくに危険《きけん》があって閉鎖《へいさ》しているわけではありませんから。くまさんもそれをわかっていて、入《い》れたのでしょう。」

まあ、本当《ほんとう》はダメですけどね、と、最後《さいご》につけ加《くわ》えられて、くまさんは、苦笑《くしょう》しながら、視線《しせん》を泳《およ》がせた。

「……あ、そうでした。」

ふいに校長先生《こうちょうせんせい》は、ぽん、と、手《て》をたたいた。

「くまさん、器用《きよう》ですよね。」

急《きゅう》に話題《わだい》が変《か》わったのについていけず、くまさんはぽかんとした。

「花《か》びんを作《つく》ってみる気《き》はありませんか？」

「花《か》びん……？」

「そうです。一つ、新《あたら》しいのが欲《ほ》しいな、と思《おも》いまして。」

くまさんは苦笑《くしょう》した。

「俺《おれ》が作《つく》るより、買《か》ったほうがよっぽど見栄《みば》えがいいと思《おも》いますよ。だいたい、俺《おれ》は陶芸《とうげい》をやったことがありませんし。」

そうですか……、と、校長先生《こうちょうせんせい》は残念《ざんねん》そうに肩《かた》を落《お》とす。

そうですよ、と、くまさんはうなずいて、湯《ゆ》のみを取《と》る。

ちらりとくまさんを見《み》て、校長先生《こうちょうせんせい》はぽつんとつぶやいた。

「校長室《こうちょうしつ》の前《まえ》にあった花《か》びん、ひびが入《はい》ってしまったんですよね。」

「ぶっ……！」

またしても、盛大《せいだい》にむせはじめたくまさんの前《まえ》で、校長先生《こうちょうせんせい》はしみじみと言《い》った。

「皆川《みながわ》さんは、傷《きず》つけないように気《き》をつけていたそうなのですが、なんでも、外《そと》から急《きゅう》に大《おお》きな音《おと》が――。」

「作《つく》ります。作《つく》らせていただきます！」

校長先生《こうちょうせんせい》は、急《きゅう》に笑顔《えがお》になった。

「そうですか。それは助《たす》かります。」

くまさんはため息《いき》をついて、苦笑《くしょう》する。

「時間《じかん》がかかっても、知《し》りませんよ。」

「ゆっくりでかまいませんよ。くまさんは器用《きよう》ですからね。せっかくなので、いろいろ挑《ちょう》戦《せん》してみてほしいんですよ。」

校長先生《こうちょうせんせい》は駒台《こまだい》から、すっ、と駒《こま》を取《と》った。

「それでは、すっきりしたところで……はい、王手《おうて》。」

ハンカチで口元《くちもと》をふいていたくまさんは、ぎょっとする。

「ちょ、ちょっと――。」

「あ。もちろん『待《ま》った！』はナシですよ。」

言《い》おうとしていたことまで先《さき》に取《と》られてしまって、くまさんは口《くち》をぱくぱくさせた。

必死《ひっし》に盤面《ばんめん》とにらめっこしているくまさんを見《み》ながら、校長先生《こうちょうせんせい》は「ふふふ。」と笑《わら》いながら、言《い》った。

「これにて、一件落着《いっけんらくちゃく》。」

あとがき

こんにちは、深月《ふかつき》ともみです。

今回《こんかい》、作中《さくちゅう》に木造《もくぞう》の旧校舎《きゅうこうしゃ》が出《で》てきたので、校舎《こうしゃ》の話《はなし》をしたいと思《おも》います。

じつはわたし、子《こ》どもの頃《ころ》から、大《だい》の木造校舎好《もくぞうこうしゃず》きでした。歴史《れきし》を感《かん》じる木《き》の色《いろ》つやといい、なにかが出《で》てきそうな独特《どくとく》の雰囲気《ふんいき》……なんだか見《み》ているだけで不思議《ふしぎ》なことが起《お》きそうで、わくわくするんですよね。いつか、木造《もくぞう》の校舎《こうしゃ》で勉強《べんきょう》したい！　と、ずーっと思《おも》っていたのですが……残念《ざんねん》ながらその機会《きかい》はなく、通《かよ》った学校《がっこう》はすべて鉄筋校舎《てっきんこうしゃ》でした。

ところが、大学生《だいがくせい》の時《とき》「通《かよ》っていた小学校《しょうがっこう》、木造《もくぞう》だったよ。」という友人《ゆうじん》がいたのです。しかも、まだその木造校舎《もくぞうこうしゃ》が残《のこ》っているとのこと。すぐ友人《ゆうじん》にお願《ねが》いして、中《なか》を見《み》せてもらいに行《い》きました。

すごかったです！　少《すこ》し狭《せま》めの廊下《ろうか》も、窓枠《まどわく》もドアも、天井《てんじょう》も。どこを見《み》ても木《き》ばかり（当《あ》たり前《まえ》！）で「うわぁ〜！」と大興奮《だいこうふん》。床板《ゆかいた》を踏《ふ》んだときの感触《かんしょく》や、階段《かいだん》を上《のぼ》り下《お》りするときのきしみも、鉄筋校舎《てっきんこうしゃ》しか知《し》らなかったわたしには、とても新鮮《しんせん》でした。

その学校《がっこう》が築何年《ちくなんねん》くらいなのかわからないのですが、すべすべした床《ゆか》や柱《はしら》を見《み》ていると、たくさんの人《ひと》がこの校舎《こうしゃ》で過《す》ごしたんだろうなあ、と感《かん》じて、じーんとしました。あのときの体験《たいけん》を、いつか生《い》かしたい！　と思《おも》っていたので、今回《こんかい》、木造校舎《もくぞうこうしゃ》をちょっぴりでも書《か》くことができて、幸《しあわ》せでした♪

木造校舎《もくぞうこうしゃ》が好《す》き――とさんざん言《い》っておいてアレですが、最近《さいきん》の小学校《しょうがっこう》の施設《しせつ》や設備《せつび》も大好《だいす》きです。ほかの学校《がっこう》にはないような「自慢《じまん》の施設《しせつ》」がある学校《がっこう》の話《はなし》を聞《き》くと、「すごーい！」と、感動《かんどう》しちゃいます。

うちの学校《がっこう》には、こんなおもしろいものがあるよ〜！　とか、こんな施設《しせつ》があるよ〜！　という自慢話《じまんばなし》があったら、ぜひ教《おし》えてください！

今回《こんかい》もたくさんの方《かた》にお世話《せわ》になりました。そのすべての方々《かたがた》と、本《ほん》を手《て》に取《と》ってくださったみなさんへ、感謝《かんしゃ》を込《こ》めて、最後《さいご》はやっぱりこの言葉《ことば》で締《し》めくくりたいと思《おも》います。

ありがとうございました。

深月《ふかつき》ともみ

＊著者紹介

深月《ふかつき》ともみ

1985年，滋賀県生まれ。中京大学文学部言語表現学科卒業。2009年，第8回ジュニア冒険小説大賞を受賞。翌年，受賞作『百年の蝶』（岩崎書店）でデビューした。

＊画家紹介

千秋《ちあき》ユウ

神奈川県生まれ。高校卒業後，講談社フェーマススクールズ受講。挿絵を担当した作品に『ぼくのハナレ』『ひびけ！　ゆめいろメロディ』（講談社青い鳥文庫），『選ばれた少女たち』（ディズニー・ウィッチシリーズ）などがある。

講談社　青い鳥文庫　　295-2

桜小《さくらしょう》なんでも修理《しゅうり》クラブ！
——花《か》びんに残《のこ》されたメッセージ——
深月《ふかつき》ともみ

2012年6月15日　第1刷発行

（定価はカバーに表示してあります。）
発行者　鈴木　哲
発行所　株式会社講談社
東京都文京区音羽2-12-21　郵便番号112-8001
電話　出版部（03）5395-3536
販売部（03）5395-3625
業務部（03）5395-3615

N.D.C.913　218p　18cm
装　丁　久住和代
印　刷　図書印刷株式会社
製　本　図書印刷株式会社
本文データ制作　講談社デジタル製作部

ISBN978-4-06-285289-0

おもしろい話がいっぱい！

若おかみは小学生！シリーズ

若おかみは小学生！(1)～(17)　令丈ヒロ子
おっこのTAIWANおかみ修業！　令丈ヒロ子

おっことチョコの魔界ツアー　令丈ヒロ子　石崎洋司

黒魔女さんが通る!! シリーズ

黒魔女さんが通る!! (0)～(14)　石崎洋司

そのトリック、あばきます。　石崎洋司
またまたトリック、あばきます。　石崎洋司

摩訶不思議ネコ・ムスビ シリーズ

秘密のオルゴール　池田美代子
迷宮のマーメイド　池田美代子
虹の国バビロン　池田美代子
海辺のラビリンス　池田美代子
幻の谷シャングリラ　池田美代子
太陽と月のしずく　池田美代子
氷と霧の国トゥーレ　池田美代子
白夜のプレリュード　池田美代子
黄金の国エルドラド　池田美代子

新 妖界ナビ・ルナ シリーズ

新 妖界ナビ・ルナ(1)～(6)　池田美代子

テレパシー少女「蘭」シリーズ

ねらわれた街　あさのあつこ
闇からのささやき　あさのあつこ
私の中に何かがいる　あさのあつこ
時を超えるSOS　あさのあつこ
髑髏《どくろ》は知っていた　あさのあつこ
人面瘡《じんめんそう》は夜笑う　あさのあつこ
ゴースト館の謎　あさのあつこ
さらわれた花嫁　あさのあつこ
宇宙《そら》からの訪問者　あさのあつこ

12歳―出逢いの季節―(1)　あさのあつこ
獣の奏者(1)～(8)　上橋菜穂子

魔女館 シリーズ

魔女館へようこそ　つくもようこ

講談社　青い鳥文庫

- 魔女館と秘密のチャンネル　つくもようこ
- 魔女館と月の占い師　つくもようこ
- 魔女館と謎の学院　つくもようこ
- 魔女館と怪しい科学博士　つくもようこ
- 魔女館と魔法サミット　つくもようこ

こちら妖怪新聞社！　シリーズ

- こちら妖怪新聞社！(1)〜(4)　藤木　稟
- 妖魔鏡と悪夢の教室　藤木　稟
- 『愛』との戦い　藤木　稟
- 激突！　伝説の退魔師　藤木　稟
- 変幻自在の魔物　藤木　稟
- 幽霊館の怪事件　藤木　稟

あやかしの鏡　シリーズ

- あやかしの鏡　香谷美季
- まどわしの教室　香谷美季
- さきがけの炎　香谷美季

- みなぞこの人形　香谷美季
- あやかしの鏡　終わりのはじまり　香谷美季
- あやかしの鏡　いにしえの呪文　香谷美季
- おそろし箱　あけてはならない5つの箱　香谷美季

- 七香＊あろまちっく！(1)〜(3)　藤咲あゆな
- とんがり森の魔女　沢田俊子
- 月影町ふしぎ博物館(1)〜(2)　和智正喜
- 超絶不運少女(1)〜(3)　石川宏千花
- 天空町のクロネ　石川宏千花
- 仮面城からの脱出　廣嶋玲子
- 魔法の国のアズリ(1)　ユズハチ

fシリーズ

SF・ファンタジー
ふしぎがいっぱい！

- 宇宙人のしゅくだい　小松左京
- 空中都市008　小松左京
- 青い宇宙の冒険　小松左京
- ショートショート傑作選　おーいでてこーい　星　新一
- ショートショート傑作選2　ひとつの装置　星　新一
- 三丁目が戦争です　筒井康隆
- インナーネットの香保里　梶尾真治
- ねらわれた学園　眉村　卓
- なぞの転校生　眉村　卓
- ねじれた町　眉村　卓
- まぼろしのペンフレンド　眉村　卓
- 勉強してはいけません！　横田順彌
- 早く寝てはいけません！　横田順彌
- 歯をみがいてはいけません！　横田順彌
- 竜太と青い薔薇(上)(下)　松原秀行
- 竜太と灰の女王(上)(下)　松原秀行
- 百の月　ムーンライト・エクスプレス　名木田恵子
- まぼろしの秘密帝国MU《ムー》(上)(中)(下)　楠木誠一郎

いちご(1)〜(5)　倉橋燿子
ペガサスの翼(上)(中)(下)　倉橋燿子
カミングホーム わたしのおうち　倉橋燿子
パセリ伝説 水の国の少女(1)〜(12)　倉橋燿子
パセリ伝説外伝 守り石の予言　倉橋燿子
ラ・メール星物語 ラテラの樹　倉橋燿子
魔女の診療所(1)〜(4)　倉橋燿子

泣いちゃいそうだよ シリーズ

泣いちゃいそうだよ　小林深雪
もっと泣いちゃいそうだよ　小林深雪
いいこじゃないよ　小林深雪
ひとりじゃないよ　小林深雪
ほんとは好きだよ　小林深雪
かわいくなりたい　小林深雪
ホンキになりたい　小林深雪
いっしょにいようよ　小林深雪
もっとかわいくなりたい　小林深雪
夢中になりたい　小林深雪
信じていいの？　小林深雪
きらいじゃないよ　小林深雪
ずっといっしょにいようよ　小林深雪
やっぱりきらいじゃないよ　小林深雪
大好きがやってくる 七星《ななせ》編　小林深雪
大好きをつたえたい 北斗《ほくと》編　小林深雪

わたしに魔法が使えたら　小林深雪
天使が味方についている　小林深雪
神様しか知らない秘密　小林深雪
バースディクラブ(1)〜(6)　名木田恵子

四年一組ミラクル教室 シリーズ

それはくしゃみではじまった　服部千春
学校の怪談!?　服部千春
名前なんて、キライ！　服部千春
ウソじゃないもん　服部千春
大きくなったらなにになる　服部千春
いじけちゃうもん　服部千春
恋かもしれない　服部千春
またあえるよね　服部千春
ここは京まち、不思議まち(1)〜(4)　服部千春
トキメキ♥図書館(1)　服部千春

へこましたい！ シリーズ

ビビビンゴ！へこまし隊　東多江子
ヒップ☆ホップにへこましたい！　東多江子
ミラクル☆くるりんへこましたい！　東多江子
恋して☆オリーブへこましたい！　東多江子
ドントマーインド☆へこましたい！　東多江子
天使よ、走れ☆へこましたい！　東多江子
ビリーに幸あれ🐾へこましたい！　東多江子
素直になれたら☆へこましたい！　東多江子
ねらわれた星《スター》　東多江子
負けるもんか　東多江子
ずっと友だち　東多江子

講談社　青い鳥文庫

レッツゴー！ 川中《かわちゅう》W《ウ》OW《オ》部　阿部夏丸
川中WOW部の夏休み　阿部夏丸
川中WOW部の釣りバトル　阿部夏丸
ギャング・エイジ　阿部夏丸
記者の子どもは今日もハラハラ　森居美百合
子どもの記者は明日もワクワク　森居美百合
目が見えなくなった雅彦くん　森居美百合
かもめ商店街を救え！　森居美百合
風のラヴソング　越水利江子
時空忍者 おとめ組！(1)～(4)　越水利江子
うわさのミニ巫女 おみくじのひみつ　柴野理奈子
龍笛《りゅうてき》のひみつ うわさのミニ巫女　柴野理奈子
おまもりのひみつ うわさのミニ巫女　柴野理奈子
花ことばのひみつ うわさのミニ巫女　柴野理奈子
黄金色《きんいろ》の風になって(上)(下)　砂岸あろ
エンジンスタート！ ドクターヘリ物語(1)　岩貞るみこ
テイクオフ！ ドクターヘリ物語(2)　岩貞るみこ
フライトナース　ハナ(1)～(2)　岩貞るみこ
パパは誘拐犯　八束澄子
ハリィにおまかせ！　木下　繁
ハラヒレフラガール！　伊藤クミコ

ビート・キッズ　風野　潮
竜巻少女《トルネードガール》(1)～(2)　風野　潮
桜小なんでも修理クラブ！(1)～(2)　深月ともみ

探偵チームKZ《カッズ》事件ノート シリーズ

消えた自転車は知っている　藤本ひとみ／原作　住滝　良／文
切られたページは知っている　藤本ひとみ／原作　住滝　良／文
キーホルダーは知っている　藤本ひとみ／原作　住滝　良／文
卵ハンバーグは知っている　藤本ひとみ／原作　住滝　良／文
緑の桜は知っている　藤本ひとみ／原作　住滝　良／文

歴史発見！ ドラマシリーズ

マリー・アントワネット物語 (上)(中)(下)　藤本ひとみ
美少女戦士ジャンヌ・ダルク物語　藤本ひとみ

源氏物語 あさきゆめみし (1)～(5)　大和和紀／原作　時海結以／文
平家物語　夢を追う者　時海結以
竹取物語　蒼き月のかぐや姫　時海結以

戦国武将物語 シリーズ

織田信長　炎の生涯　小沢章友
豊臣秀吉　天下の夢　小沢章友
徳川家康　天下太平　小沢章友
平清盛　運命の武士王　小沢章友
飛べ！ 龍馬　坂本龍馬物語　小沢章友

Yシリーズ

中学生向け・ヤングアダルト《YA》のための青い鳥文庫

air《エア》　だれも知らない5日間　名木田恵子
レネット　金色の林檎　名木田恵子
ピアニッシシモ　梨屋アリエ
十一月の扉　高楼方子

「講談社《こうだんしゃ》 青《あお》い鳥文庫《とりぶんこ》」刊行《かんこう》のことば

太陽《たいよう》と水《みず》と土《つち》のめぐみをうけて、葉《は》をしげらせ、花《はな》をさかせ、実《み》をむすんでいる森《もり》。小《こ》鳥《とり》や、けものや、こん虫《ちゅう》たちが、春《はる》・夏《なつ》・秋《あき》・冬《ふゆ》の生活《せいかつ》のリズムに合《あ》わせてくらしている森《もり》。森《もり》には、かぎりない自然《しぜん》の力《ちから》と、いのちのかがやきがあります。

本《ほん》の世界《せかい》も森《もり》と同《おな》じです。そこには、人間《にんげん》の理想《りそう》や知恵《ちえ》、夢《ゆめ》や楽《たの》しさがいっぱいつまっています。

本《ほん》の森《もり》をおとずれると、チルチルとミチルが「青《あお》い鳥《とり》」を追《お》い求《もと》めた旅《たび》で、さまざまな体験《たいけん》を得《え》たように、みなさんも思《おも》いがけないすばらしい世界《せかい》にめぐりあえて、心《こころ》をゆたかにするにちがいありません。

「講談社《こうだんしゃ》 青《あお》い鳥文庫《とりぶんこ》」は、七十年《ねん》の歴史《れきし》を持《も》つ講談社《こうだんしゃ》が、一人《ひとり》でも多《おお》くの人《ひと》のために、すぐれた作品《さくひん》をよりすぐり、安《やす》い定価《ていか》でおおくりする本《ほん》の森《もり》です。その一さつ一さつが、みなさんにとって、青《あお》い鳥《とり》であることをいのって出版《しゅっぱん》していきます。この森《もり》が美《うつく》しいみどりの葉《は》をしげらせ、あざやかな花《はな》を開《ひら》き、明日《あす》をになうみなさんの心《こころ》のふるさととして、大《おお》きく育《そだ》つよう、応援《おうえん》を願《ねが》っています。

昭和《しょうわ》五十五年《ねん》十一月《がつ》

講談社